FRANÇOISE BOURDIN

Françoise Bourdin a le goût des personnages hauts en couleur et de la musique des mots. Très jeune, Françoise Bourdin écrit des nouvelles ; son premier roman est publié chez Julliard avant même sa majorité. L'écriture est alors au cœur de sa vie. Son univers romanesque prend racine dans les histoires de famille, les secrets et les passions qui les traversent. Elle a publié une trentaine de romans chez Belfond depuis 1994 – dont quatre ont été portés à l'écran –, rassemblant à chaque parution davantage de lecteurs. Françoise Bourdin vit aujourd'hui dans une grande maison en Normandie.

Retrouvez toute l'actualité de Françoise Bourdin sur www.françoise-bourdin.com

UN CADEAU INESPÉRÉ

DU MÊME AUTEUR
CHEZ POCKET

L'HOMME DE LEUR VIE
LA MAISON DES ARAVIS
LE SECRET DE CLARA
L'HÉRITAGE DE CLARA
UN MARIAGE D'AMOUR
UN ÉTÉ DE CANICULE
LES ANNÉES PASSION
LE CHOIX D'UNE FEMME LIBRE
RENDEZ-VOUS À KERLOC'H
OBJET DE TOUTES LES CONVOITISES
UNE PASSION FAUVE
BERILL OU LA PASSION EN HÉRITAGE
L'INCONNUE DE PEYROLLES
UN CADEAU INESPÉRÉ
LES BOIS DE BATTANDIÈRE
LES VENDANGES DE JUILLET *suivies de* JUILLET EN HIVER
UNE NOUVELLE VIE
NOM DE JEUNE FILLE
SANS REGRETS
MANO A MANO
D'ESPOIR ET DE PROMESSE
LES SIRÈNES DE SAINT-MALO
LE TESTAMENT D'ARIANE
DANS LES PAS D'ARIANE
SERMENT D'AUTOMNE

FRANÇOISE BOURDIN

UN CADEAU INESPÉRÉ

BELFOND

MIXTE
Papier issu de sources responsables
FSC® C003309
FSC www.fsc.org

Pocket, une marque d'Univers Poche, est un éditeur qui s'engage pour la préservation de son environnement et qui utilise du papier fabriqué à partir de bois provenant de forêts gérées de manière responsable.

ISBN : 978-2-266-18435-9

Dimanche 21 décembre

Florent tira son épée de plastique du fourreau puis, d'un geste fier, mit sa main sur son cœur.

— *Tout autre que mon père l'éprouverait sur l'heure !* lança-t-il en défiant un ennemi imaginaire.

Comme il avait vu la pièce plusieurs fois et, surtout, assisté aux nombreuses répétitions, il connaissait toutes les répliques, dont certaines lui plaisaient particulièrement.

— *Tout autre que mon père...*

Il leva les yeux sur le cartel, constata qu'il était à peine deux heures. Au théâtre d'Arles, sa mère n'était donc pas encore entrée en scène. Il l'imagina, maquillée et coiffée, splendide dans sa longue robe de velours rouge. Pourquoi prétendait-elle que la place d'un petit garçon ne se trouvait pas dans les coulisses ? Il adorait ça !

Sur la pointe des pieds, il alla jusqu'à la porte du séjour où Fanélie dormait, affalée dans la bergère râpée. La brave femme était censée le garder mais, après le déjeuner, le sommeil la prenait toujours. Et aujourd'hui, elle avait abusé des cerises à l'eau-de-vie, son péché mignon, sous prétexte qu'à l'approche de Noël on avait bien droit à quelques friandises. La chaleur du feu aidant, sa sieste pouvait durer tout l'après-midi.

Avec un petit soupir, Florent s'approcha de la fenêtre du vestibule. Il ne voulait pas réveiller Fanélie parce qu'il avait une idée en tête. Le genre d'idée qui ne manquerait pas de faire hurler les adultes, il en était certain.

Du bout des doigts, il effaça la buée sur la vitre et contempla le paysage figé par le givre. « Ce sera un Noël blanc ! » avait prédit sa mère le matin même. Oui, mais un Noël triste et démuni, Florent le savait bien.

— *Tout autre que mon père...*, articula-t-il en silence.

Quel autre ? Impossible de changer de père, or le sien était parti. Parti avec ses valises à la main, et chassé du cœur de Florent parce qu'il avait dit des choses terribles.

Le ciel plombé semblait chargé de neige, ce qui était somme toute réjouissant. S'imaginant déjà sur sa luge, le petit garçon tourna son regard vers la colline. Des chênes kermès s'accrochaient à son flanc, tandis qu'au sommet des buissons d'amélanchiers et d'éphédras étaient battus par les vents. Rien de tout cela ne pourrait faire un arbre de Noël, mais bien plus loin, au-delà de la crête suivante, Florent avait repéré des pins.

Par un rapide calcul, il estima qu'il avait presque trois heures devant lui avant la nuit. Fanélie dormirait-elle aussi longtemps ? Il pouvait lui laisser un mot expliquant qu'il était allé jouer dehors et, à condition de se dépêcher...

Vaguement mal à l'aise, il hésitait encore. L'aventure le tentait mais présentait des risques, dont le plus grave serait de décevoir sa mère. N'avait-il pas solennellement promis d'être sage ? Cependant, était-ce désobéir que d'aller chercher un sapin de Noël ? Après tout, personne ne lui avait interdit de sortir de la maison.

Seul un chemin de terre y menait, la route était loin, les voisins aussi, aucun danger ne le guettait.

« Ce sera le paradis, ici ! » avait affirmé son père deux ans plus tôt, lorsqu'ils étaient venus s'installer dans ce coin perdu des Alpilles. Un étrange paradis que ce désert de cailloux et de genévriers où s'élevait une bâtisse trapue, faite de galets rehaussés de pierres de taille près des ouvertures. Plus grande qu'un *oustau*, plus petite qu'un mas, elle avait une certaine allure avec son toit de tuiles romaines, ses volets bleus, sa treille, mais on voyait bien qu'elle était à l'abandon depuis des lustres.

Au début, ses parents s'étaient transformés en ouvriers du bâtiment, charriant du ciment et du plâtre, des tuyaux et des pots de peinture, mais leurs premières disputes avaient vite interrompu le chantier de rénovation. À les entendre malgré lui, Florent avait compris le problème. La maison, achetée en raison de son prix dérisoire, nécessitait une remise en état, mais Xavier et Louise n'avaient pas les moyens, ce qui les condamnait aux travaux forcés. Loin de les rapprocher, l'ampleur de la tâche les exaspérait, les empêchait de se consacrer à leurs métiers, et mettait soudain en lumière toutes leurs divergences. De coups de gueule en bouderies, ils avaient fini par ne plus se supporter, jusqu'à la dernière querelle.

« Si tu crois que je vais m'encombrer d'un mioche ! » Cette phrase pleine de rage et de mépris, Florent l'avait surprise alors qu'il descendait l'escalier un matin, et elle s'était gravée au fer rouge dans sa mémoire. Pour être tout à fait sûr de sa disgrâce, il avait fini par demander à Fanélie la signification de ce verbe qu'il craignait de trop bien comprendre.

— S'encombrer ? Oh, c'est quand on ne veut plus de

ces choses qui prennent beaucoup de place et qui ne servent à rien ! avait-elle expliqué étourdiment, sans savoir à quoi il faisait allusion.

Ainsi, pour son père, Florent n'était qu'un objet inutile. Il en avait pleuré des nuits entières, pleuré en étouffant ses sanglots dans son oreiller afin de ne pas inquiéter sa mère. Elle était si tendre, si douce, si belle ! Et elle répétait des choses merveilleuses en prenant Florent dans ses bras. « Mon petit garçon adoré, mon fils chéri, mon prince, ma lumière, l'amour de ma vie. » Ces mots-là étaient comme une musique apaisante, un baume sur la plaie ouverte. Des mots d'autant plus forts qu'il sentait sa mère malheureuse et angoissée, même si elle s'obligeait à une gaieté factice. En revanche, dès qu'elle posait les yeux sur lui, son sourire redevenait d'une absolue sincérité, là-dessus il ne pouvait pas se tromper.

Il décrocha son blouson fourré, mit ses gants de laine et son bonnet. À pas de loup, il alla jusqu'au seuil du séjour, vérifia que Fanélie dormait toujours et que le pare-feu était bien en place. Les outils dont il avait besoin se trouvaient dans le cabanon accolé à la maison, là où il les avait regroupés en vue de son expédition.

— C'est parti…, murmura-t-il en refermant délicatement la porte.

Le froid piquant l'obligerait à marcher vite. Tant mieux, il n'avait pas une minute à perdre. Maintenant qu'il était dehors, la mission dont il se sentait investi ne faisait plus aucun doute dans son esprit. Pouvait-on concevoir un Noël sans sapin ? Il voulait voir sa mère battre des mains et rire aux éclats devant l'arbre, avant de monter sur l'escabeau pour accrocher les guirlandes, exactement comme chaque année. Puisque les fêtes calendales avaient mal commencé, Florent allait y remédier en donnant la preuve qu'il pouvait être utile à quelque chose.

Seule dans sa loge, Louise était maquillée mais pas encore habillée, car la couturière venait juste de rapporter sa robe rouge. La veille, elle avait trébuché en scène sur l'ourlet défait et son partenaire, Stéphane, l'avait rattrapée in extremis par le bras tout en continuant à déclamer sa tirade du troisième acte. Un bon acteur, Steph, doublé d'un gentil camarade. Elle avait d'ailleurs souvent pleuré sur son épaule ces temps-ci.

Sans indulgence, Louise contempla son reflet dans le miroir violemment éclairé par une rangée d'ampoules. Trente-trois ans, l'âge du Christ, et déjà un réseau de petites rides qui soulignaient le regard comme le sourire. « Tu ris trop ! » lui disait Xavier, extasié, à l'époque où il était fou d'elle. Le rire l'avait toujours sauvée de tout, heureusement.

— *Elvire, m'as-tu fait un rapport bien sincère...*

Premier vers du premier acte, Chimène s'adressant à sa gouvernante. Louise le répétait comme un mantra pour endiguer le trac qui ne tarderait plus à l'envahir. Dès qu'elle aurait passé la robe, ajusté le diadème de faux rubis, elle deviendrait à la fois cette fière Espagnole, fille d'un comte grincheux, et une comédienne de talent, capable de faire monter les larmes aux yeux de n'importe quel spectateur.

Mais le talent était-il suffisant pour bâtir une carrière ? Jusqu'ici, Louise ne s'était pas mal débrouillée. Elle arrivait à vivre de son métier, même si la célébrité n'était pas encore au rendez-vous. Pourtant, dès son entrée au conservatoire de Montpellier, fouler les planches face au public avait été son unique ambition, le moteur qui l'avait poussée chaque jour au milieu des difficultés, des doutes, des rivalités. Trois ans plus tard, elle était sortie avec un prix, les félicitations du jury, l'estime de ses professeurs et des illusions plein la tête.

D'auditions en maigres cachets, les occasions de jouer et de faire ses preuves étaient plutôt rares pour une débutante, néanmoins elle s'était obstinée jusqu'à décrocher ses premiers vrais rôles et, peu à peu, le monde du théâtre avait fini par la reconnaître. Alors, un beau matin, elle avait commencé à s'interroger sur la nécessité de « monter » à Paris. Hélas, Xavier était entré dans sa vie juste à ce moment-là.

Ancien élève de l'École de photographie d'Arles, il y faisait une exposition et donnait une conférence. Des amis communs l'avaient présenté à Louise et, tout de suite, il avait voulu faire d'elle une série de portraits, fasciné par ses grands yeux sombres, ses pommettes hautes, ses longs cheveux couleur de miel. Huit jours plus tard, il était éperdument amoureux.

— Une tasse de thé, chérie ? proposa Stéphane en s'arrêtant devant la porte ouverte.

Leurs regards se croisèrent dans la glace et ils se sourirent. La bouteille Thermos qu'il tenait à la main jurait avec son costume de grand d'Espagne.

— Beaucoup de réservations, aujourd'hui ? demanda-t-elle tandis qu'il versait le thé dans deux gobelets de carton.

— La salle sera pleine aux trois quarts. À quelques jours de Noël, c'est plutôt bien ! Je suppose que les familles cherchent à occuper leurs enfants.

Le public du dimanche après-midi était souvent constitué d'adolescents et de gens du troisième âge. Les uns parce qu'ils avaient l'obligation, dans leur programme scolaire, de se frotter un peu au théâtre classique, les autres parce qu'ils refusaient de sortir le soir.

— As-tu des projets pour le réveillon de mercredi ? s'enquit Stéphane.

— Rien d'extraordinaire, juste mon fils, Fanélie et moi.

— M'accepterais-tu à ta table ?

— Tu es le bienvenu ! Mais tu ne rentres pas chez toi ?

— Franchement, Nîmes-Paris, Paris-Lille, et retour le lendemain, ça va faire un peu court, même en TGV !

Stéphane était très discret sur sa vie privée, Louise savait seulement que sa famille habitait dans le Nord.

— J'apporterai un cadeau pour Florent, annonça-t-il avec enthousiasme. Je suppose qu'il ne croit plus au père Noël ?

— Il est trop malin pour ça.

Lui parler de son fils la mettait toujours de bonne humeur et elle se sentit soudain en pleine forme.

— Vingt minutes avant le lever de rideau ! annonça la voix du régisseur dans les haut-parleurs des loges et des couloirs. À propos, les enfants, il commence à neiger.

« Les enfants » désignait l'ensemble de la troupe, comédiens ou techniciens, tous ceux qui allaient participer à cette représentation du *Cid* et opérer ensemble la magie du théâtre.

— À tout à l'heure, marmonna Stéphane en s'éclipsant.

Restée seule, Louise alla fermer la porte puis décrocha sa robe. L'adrénaline ne tarderait plus à la rendre fébrile et elle eut une dernière pensée pour son petit garçon qui devait être lancé dans une partie de dominos avec Fanélie, bien au chaud devant la cheminée.

Au début, tout avait été facile. Sur la luge que traînait Florent, la scie à bois et la hache étaient solidement arrimées par une grosse corde. Dans les poches de son blouson, il avait glissé une petite lampe torche, à tout hasard, et deux barres chocolatées pour son goûter. Les semelles crantées de ses bottes fourrées adhéraient bien au sentier escarpé, ce qui lui avait permis de grimper au sommet de la première colline en vingt minutes à peine. De là, le paysage était magnifique. On apercevait les ravins, les gorges, les crêtes et les falaises alentour, on pouvait même, en plissant les yeux, distinguer la maison nichée dans la vallée, avec ses volets bleus qui paraissaient violets dans la lumière déclinante.

Florent leva la tête pour examiner le ciel. Uniformément gris et comme velouté, il était chargé de neige mais les premiers flocons tardaient. Baissant les yeux, il repéra le sentier qu'il lui fallait emprunter pour couper au plus court, et il se remit en marche, tirant sa luge d'une main ferme.

Son père lui avait souvent vanté la beauté des Alpilles, allant même jusqu'à prétendre qu'il y resterait jusqu'à la fin de ses jours. Tout ça pour s'en aller deux ans plus tard, apparemment soulagé de quitter femme, enfant, et montagnette ! Pourtant, c'était vrai, certains jours la lumière était transparente sur les oliveraies argentées, sur les roches calcaires, et une mystérieuse allégresse montait de la garrigue. Mais pas cet après-midi. Tandis que Florent progressait, la luge tapant ses mollets dans les descentes, le ciel noircissait à vue d'œil.

Comme il était encore trop tôt pour que la nuit tombe, c'était bien la neige du « Noël blanc » qui arrivait.

Une autre montée, plus raide celle-là, mit le petit garçon hors d'haleine. N'avait-il pas mésestimé l'entreprise ? Le retour, alors qu'il lui faudrait traîner l'arbre, risquait de poser bien des problèmes. Peut-être devrait-il revenir par un autre chemin, moins abrupt, et ainsi perdre un temps fou. Il s'arrêta pour reprendre son souffle. En principe, il était dans la bonne direction, il ne devrait plus tarder à voir les pins.

Quelque chose de froid se posa sur sa joue, puis dans son cou. De gros flocons duveteux atterrissaient en douceur tout autour de lui, ce qui le fit rire. La neige était si amusante ! Et sur ce sol gelé elle allait tenir, facilitant le passage de la luge. Ragaillardi, Florent se remit en route après avoir baissé son bonnet sur ses oreilles. Le blanc volait partout autour de lui, porté par un petit vent glacial qui était en train de se lever. Malgré ses gants de laine, le froid engourdissait ses doigts, mais il n'y prêta pas attention car il venait enfin d'apercevoir les arbres repérés quelques jours plus tôt. C'était le mercredi de la semaine précédente, et sa mère lui avait annoncé qu'elle n'achèterait pas de sapin cette année, ou alors un minuscule, à poser sur le buffet, juste pour « marquer le coup ». Contrarié, déçu, Florent était parti se promener avec son vélo – qu'il prenait pour un poney sauvage et faisait cabrer tous les dix tours de roues. C'est là que l'idée lui était venue.

Malheureusement, vus de près, les pins d'Alep aux branches tordues ne faisaient pas vraiment l'affaire, même en les imaginant couverts de guirlandes. Lorsqu'il s'en approcha, Florent comprit son erreur. Avait-il fait tout ce chemin pour rien ? D'ailleurs, s'il rentrait les mains vides, comment justifier son absence ?

La crête suivante n'étant pas très éloignée, il s'y hissa pour essayer d'avoir une vue d'ensemble. À présent, la neige tombait dru, blanchissant tout le paysage. Sur les sommets, la végétation basse n'arrêtait pas le vent, et le froid devenait mordant. Gêné par les flocons qui tourbillonnaient, Florent mit une main en visière sans apercevoir grand-chose. Face à lui, le versant opposé semblait déjà dans l'obscurité, néanmoins il crut distinguer quelques mélèzes. Ceux-là conviendraient, à condition d'en dénicher un qui n'excède pas deux mètres de haut, et qui ne nécessite ni la force ni le savoir-faire d'un vrai bûcheron pour se laisser abattre. Tenant toujours fermement la corde de la luge, Florent glissa sa main libre dans la poche de son blouson afin d'y prendre une barre de céréales dont il ôta le papier avec les dents. Il était mort de faim et n'osait pas regarder l'heure.

Grégoire s'adressait toujours à ses chiens en provençal, ainsi n'obéissaient-ils qu'à lui. La femelle, plus âgée, avait appris au mâle les rudiments du métier de gardien parce que l'atavisme de leur race le lui dictait, mais ils avaient peu affaire au bétail. Tout au plus leur arrivait-il de récupérer une chèvre égarée et de la reconduire jusqu'à son troupeau.

Jamais Grégoire ne s'était occupé lui-même de son cheptel, laissant à d'autres le soin de gérer l'élevage. Huit ans plus tôt, lorsqu'il avait racheté *Lou Roucas* sur un coup de tête – ou plutôt un coup de fureur noire –, il s'était attaché les services de deux excellents bergers avec qui il entretenait des rapports quasi amicaux. Sur ses terres, dans la vallée, il cultivait des oliviers, des figuiers et des amandiers, poursuivant malgré lui la tradition familiale. Pourtant, lors de son long séjour à l'étranger, il avait étudié bien d'autres ressources agricoles, plus simples ou plus rentables, mais la terre de Provence était trop sèche et trop capricieuse, trop calcaire et trop pierreuse pour s'accommoder du moindre changement. Ce qui poussait ici était le meilleur de ce que la nature pouvait donner sur un sol aussi aride. Grégoire en avait vite pris son parti, abandonnant sans regret ses rêves d'exploitation intensive.

— *Boutas !* dit-il aux chiens pour les encourager à descendre du Land Rover.

La neige tombait depuis un bon moment et il n'avait toujours pas aperçu les deux chèvres qu'il était censé chercher. Le berger prétendait qu'elles avaient dû être attaquées par des bêtes sauvages, mais Grégoire n'y croyait pas. Il n'y avait ni loup ni ours dans les Alpilles, il le savait. Néanmoins, il avait promis son aide, ce n'est pas le mauvais temps qui le ferait renoncer.

Pourquoi mauvais, d'ailleurs ? La blancheur qui enveloppait les collines le réjouissait, car la neige qui venait avec le redoux n'était jamais une mauvaise chose pour la végétation, au contraire des grands coups de gel.

Remontant le col de sa canadienne, Grégoire suivit ses chiens. Pour les arpenter à longueur d'année, il connaissait chaque sentier par cœur. Le domaine s'étendait sur quarante-cinq hectares que rien ne délimitait, mais son grand-père lui avait si souvent montré où commençait et où s'arrêtait *Lou Roucas* qu'il aurait pu planter des piquets de clôture sans avoir recours au cadastre.

Aucune journée ne s'écoulait sans que Grégoire, à un moment ou à un autre, ne songe à son grand-père. Têtu comme une mule et droit comme un arbre jusqu'au bout, de bon conseil malgré ses mémorables coups de gueule, et si attentif à transmettre son savoir à son unique petit-fils… Grégoire se souvenait encore du jour où il était venu lui annoncer qu'il se mariait avec sa belle Américaine et qu'il allait quitter le pays pour un moment. « Tu as bien raison, profite de ta chance, fonce ! » Grégoire était donc parti avec Jane, le cœur léger, à la conquête des États-Unis. Mais là-bas, il n'y avait rien à vaincre, Jane était riche et ils avaient mené une vie de nantis. Ensuite Liz était née, rendant Grégoire fou d'amour, et quelques années de bonheur s'étaient succédé. Les nouvelles du grand-père, par téléphone ou dans ses lettres, étaient toujours bonnes. Grégoire lui envoyait régulièrement des photos et lui faisait promettre de prendre soin de lui. À un moment donné, sans raison précise, Grégoire avait pourtant commencé à s'ennuyer de la France, de sa Provence, du vieux monsieur qui l'avait élevé. La veille encore, il se plaisait dans la grande maison blanche entourée d'une pelouse impeccable, il plaisantait avec le père de Jane, un industriel de l'agro-alimentaire, il projetait même un voyage dans un ranch du Montana afin de s'initier à l'élevage du bœuf. Et soudain, tout cela lui avait pesé affreusement, l'avait exaspéré et empêché de vivre ! Bien entendu, Jane l'avait très mal pris. Elle s'était contentée de lui suggérer une petite virée en France, pour prendre un bol d'air de son pays s'il y tenait, puis de rentrer illico. Ce rapide retour au bercail, exigé comme un dû par l'héritière, avait été un véritable révélateur. Grégoire n'avait pas l'intention de se laisser dicter sa conduite, et il prit conscience qu'il s'était perdu quelque part en chemin. Le mirage du bonheur à l'américaine venait brusquement de se dissiper, il se demanda avec stupeur ce qu'il faisait là. En quittant Jane, il l'embrassa sur la joue, presque persuadé qu'il ne la reverrait plus, ce en quoi il se trompait. À peine arrivé à Roissy, alors qu'il allait prendre une navette pour gagner Orly-Ouest, et de là un vol de correspondance pour Nîmes, un appel sur son portable lui apprit l'inimaginable, le pire. Anéanti, il gagna un comptoir d'Air France afin de repartir immédiatement là d'où il venait.

Cette période avait été la plus noire de sa vie, les drames se succédant comme une horrible chaîne de fatalités qui menaçait de l'entraîner en enfer. La voiture de Jane s'était encastrée sous un camion, sans lui laisser la moindre chance d'en réchapper. À Liz non plus, prisonnière de son siège enfant sur la banquette arrière. Grégoire les revit donc toutes les deux une dernière fois chez l'embaumeur choisi par son beau-père. Les causes de l'accident étaient claires, une flaque d'huile était à l'origine du drame. Néanmoins, les parents de Jane semblaient persuadés que, si leur gendre n'était pas parti en voyage, leur fille et leur petite-fille ne se seraient pas trouvées sur cette route à cet instant précis. « Jane venait passer le week-end chez nous pour ne pas rester seule avec la petite », avait expliqué le beau-père, rendant ainsi Grégoire responsable. Celui-ci avait vite réglé ses affaires et, après les obsèques, quitté l'Amérique pour toujours.

Enfin il avait pu rentrer chez lui, retrouver sa Provence, mais ce qui l'y attendait n'était pas réjouissant. Contrairement à ses courriers rassurants, son grand-père subissait de graves ennuis, à la fois de santé et d'argent. Criblé de dettes, harcelé par les huissiers, son cœur usé le lâchait. Grégoire fit alors la seule chose possible : il racheta *Lou Roucas* aux créanciers. Cette tardive bonne nouvelle permit à son grand-père de mourir en paix.

Les aboiements joyeux des chiens le tirèrent de ses obsédants souvenirs. Ils étaient en train de gravir la colline au galop, leurs pattes soulevant des gerbes de neige poudreuse. Grégoire s'engagea derrière eux sur la pente, persuadé que les deux chèvres n'étaient pas loin.

Fanélie se réveilla en sursaut, pourtant nul bruit n'était venu troubler son sommeil. Elle se frotta les yeux, fixa un moment les braises mourantes sans les voir.

— Florent ?

Le séjour était plongé dans l'ombre car la nuit tombait. Fanélie se leva pour allumer, contrariée à l'idée que Florent soit encore dehors à cette heure. Il allait avoir froid, s'enrhumer, d'ailleurs avait-il fait ses devoirs ? Bien sûr, c'était un petit garçon raisonnable, malicieux mais jamais méchant, et qui ne posait aucun problème. Fanélie aimait le garder, elle le trouvait tout à fait craquant avec ses grands yeux de velours, qu'il tenait de sa mère, son rire frais, sa frange de cheveux blonds.

— Florent ? répéta-t-elle plus haut, après s'être éclairci la gorge.

Une bonne tasse de chocolat serait la bienvenue, pour elle comme pour l'enfant. Se dirigeant vers la cuisine, elle remarqua qu'il n'y avait aucune lumière à l'extérieur. Au-delà des vitres régnait une inquiétante obscurité, or le gamin ne s'amusait sûrement pas dans le noir. S'était-il installé dans le cabanon où il aimait parfois farfouiller ? Fanélie s'approcha d'une fenêtre et appuya sur l'interrupteur qui commandait les deux lanternes de la façade. Aussitôt, elle poussa une exclamation incrédule, stupéfaite par la couche de neige qui recouvrait tout. Y avait-il eu une tempête pendant sa sieste ? Évidemment, Florent avait dû se précipiter dehors pour…

Retenant sa respiration, Fanélie ouvrit la porte et inspecta les abords de la maison sans y découvrir la moindre trace de pas. Un brusque pincement au cœur la fit s'appuyer un instant contre le chambranle, puis elle s'avança sur le perron.

— Florent ? Florent !

Son cri lui parut faible, comme absorbé par la neige environnante. Bon sang, *où* était cet enfant ? Tournant plusieurs fois la tête à droite et à gauche, Fanélie tenta de rassembler ses idées. Pendant le déjeuner, le gamin avait-il parlé de quelque chose de précis ? Non, il s'était contenté de proposer un Monopoly – un jeu qu'elle n'aimait guère, la rue de la Paix ou l'avenue de Breteuil ne lui évoquant rien puisqu'elle n'était jamais allée à Paris. Elle avait suggéré de se reposer un peu, « pour la digestion », et elle s'était endormie, comme toujours. Mais Florent n'en profitait jamais pour faire des bêtises. Encore moins pour disparaître !

— Où es-tu, Florent ?

Voulait-il lui faire peur en jouant au fantôme, au père Noël, à l'homme invisible ? Le vent était glacial et, au-delà des deux taches de lumière des lanternes, l'obscurité oppressante. Secouée d'un long frisson, Fanélie se dépêcha de rentrer. Devait-elle considérer Florent comme *disparu* ? Elle jeta un regard nerveux vers le téléphone du vestibule. Non, trop tôt pour affoler qui que ce soit d'autre, et surtout pas Louise, en plein milieu du spectacle ! Mais si elle restait à tourner en rond, ne l'accuserait-on pas d'inconséquence, d'irresponsabilité ? Elle devait demander de l'aide, enfin, peut-être pas tout de suite, néanmoins se fixer un délai avant d'avertir… Qui ?

Le père de Florent était loin, parti dans un de ces tours du monde d'où il rapportait des photos qu'il vendait à des magazines. De toute façon, son fils ne l'intéressait plus, il envoyait un peu d'argent à Louise quand il y pensait, sans se donner la peine de prendre des nouvelles. Fanélie connaissait bien Xavier, elle le tenait pour un vaurien, et ce ne serait pas lui qu'elle aurait appelé, même si elle avait su où le joindre ! Alors qui ? Les gendarmes ? Oh, bonne mère, mais qu'allait-elle leur raconter, aux gendarmes ? Qu'elle avait ronflé des heures devant la cheminée pour cuver des cerises à l'eau-de-vie ? Florent n'avait que neuf ans, bientôt dix, c'était un enfant, un petit garçon qu'on lui avait confié, et elle ne savait pas ce qu'elle en avait fait !

Son menton se mit à trembler, elle se traita alors de vieille bourrique, puis adressa une prière à la Vierge. Florent allait réapparaître, les joues rouges de froid, tout penaud d'avoir tant tardé, avec une explication logique de gamin. Fanélie l'absoudrait, le réchaufferait, lui proposerait elle-même une partie de Monopoly, ensuite les choses rentreraient dans l'ordre et, au retour de Louise, le dîner serait prêt.

Pressée de trouver une occupation, Fanélie ajouta deux bûches dans la cheminée, tisonna les braises pour faire repartir le feu. Si Louise appelait pendant l'entracte, que lui dirait-elle ? Mais non, elle refusait de couver son fils, s'était même opposée jusqu'ici à lui acheter un téléphone portable. Objet de culte pour les enfants, ce portable devait être le cadeau de son dixième anniversaire le mois prochain.

— C'est bien ma veine…, marmonna la vieille femme.

En traversant le vestibule, elle jeta un coup d'œil machinal au cartel. Six heures et quart. La représentation du *Cid* s'achèverait vers sept heures. À ce moment-là Fanélie aurait l'obligation d'appeler Louise. Ou les gendarmes.

Grâce à ses chiens, Grégoire avait retrouvé les deux chèvres égarées, les avait ramenées à leur berger puis s'était dépêché de rejoindre sa voiture. La neige ne tombait plus à présent, mais la nuit était là et le vent forcissait.

Tandis qu'il faisait faire demi-tour au 4 × 4, ses phares balayèrent la colline devant lui, surprenant une image insolite. Ce fut si rapide qu'il faillit ne pas y prêter attention, toutefois son regard avait enregistré quelque chose d'anormal. Il se mit au point mort et repassa la marche arrière pour effectuer la manœuvre inverse, très lentement. Sur la pente raide, au-delà du vallon, une tache rouge et une tache bleue se distinguaient nettement. Intrigué, Grégoire tâtonna sous son siège pour attraper ses jumelles.

— Qu'est-ce que ça peut bien être ? marmonna-t-il.

À travers l'optique puissante de ses Zeiss, il discerna une silhouette recroquevillée, trop petite pour être celle d'un homme et, juste à côté, quelque chose qui évoquait une luge en plastique.

— Un gamin ? Mon Dieu !

Il inspecta le reste de la colline enneigée sans rien découvrir d'autre, ses phares n'éclairant pas suffisamment. De toute façon, le gamin ne bougeait pas et semblait seul, ce qui présageait un drame. En une seconde, Grégoire visualisa le moyen d'accès le plus rapide et il lança son 4 × 4 sur le chemin. Il lui fallait contourner la colline pour remonter sur l'autre versant, moins abrupt, où il pourrait emprunter un sentier à peu près carrossable. De là-haut, il descendrait à pied. Tout en conduisant d'une main, il saisit à l'arrière une couverture et une grosse lampe torche dont il allait avoir besoin. Ses roues mordaient dans la neige tandis que le véhicule tanguait sur le relief accidenté, néanmoins il gagna le sommet presque sans ralentir. Il s'assura qu'il avait bien son téléphone dans sa poche, rabattit le capuchon de sa canadienne et jaillit hors de la voiture à peine arrêtée. Laissant tourner le moteur pour conserver la lumière des phares, il fit sortir ses chiens avant de s'élancer.

— *An ! An !* cria-t-il pour les stimuler.

S'ils trouvaient la piste, les suivre serait plus malin que descendre à l'aveuglette. Quelques secondes plus tard, il les entendit donner de la voix, surexcités, et il se laissa guider par leurs aboiements, tout en prenant soin de ne pas glisser. Il mit deux ou trois minutes pour arriver à l'endroit où les chiens s'agitaient.

— *N'i'a proun !* Assez ! ordonna-t-il en les écartant.

Dans la lueur de la torche, il découvrit ce qui lui sembla être un petit garçon, les yeux ouverts et l'air hagard.

— N'aie pas peur, dit-il doucement. Les chiens sont gentils, et moi aussi…

L'enfant claquait des dents, le corps secoué de tremblements. Grégoire l'enveloppa avec la couverture avant de le soulever dans ses bras.

— On va remonter jusqu'à la voiture, là-haut, il faut que tu te réchauffes. Cramponne-toi à mon cou, ça m'aidera.

Inerte, le gamin ne faisait pas un geste, les mains bloquées dans les poches de son blouson rouge. Un bon vêtement, à ce que Grégoire pouvait juger, et qui avait dû le protéger efficacement. Mais combien de temps était-il resté immobile dans le froid ?

Sans effort, Grégoire installa le gamin sur son épaule, comme un sac de farine. Il avait besoin d'avoir une main libre pour s'accrocher aux arbustes dans la montée. Avant de s'attaquer à la pente, il balaya les environs avec sa torche, découvrit la luge, puis la hache et la scie au pied d'un mélèze dont le tronc portait quelques marques claires.

— Tu voulais un sapin de Noël, petit ? On s'en occupera plus tard, pour le moment, il faut qu'on grimpe.

Les chiens étaient déjà repartis, mais Grégoire peinait à les suivre. Déséquilibré par le poids de l'enfant, il essayait de rester perpendiculaire à la colline, remontant de la même manière que s'il avait été sur des skis. Comment des parents pouvaient-ils être assez fous pour laisser partir leur gamin seul dans les Alpilles sous une tempête de neige ? Et avec une hache ! Les gens étaient-ils donc irresponsables ?

Un de ses pieds glissa et il se rattrapa de justesse à un pin providentiel. Il ne devait pas se dépêcher, quelle que soit sa hâte à mettre l'enfant au chaud. S'ils faisaient un roulé-boulé tous deux au fond du vallon, ils seraient bien avancés ! Mais le silence persistant du gamin l'inquiétait, sans doute était-il en état de choc, ou d'hypothermie, et plus vite on le soignerait, mieux ce serait.

Il s'arrêta un instant pour reprendre son souffle et estimer ce qui lui restait à gravir. Au-dessus de sa tête, les phares du Land Rover éclairaient inutilement le ciel. Les muscles des cuisses douloureux, il recommença à progresser vers le sommet.

— *Laisse faire le temps, ta vaillance et ton roi.*

Sur ce dernier vers, le rideau tomba. Enthousiastes, les spectateurs applaudirent bien au-delà de la simple politesse, tandis que les comédiens venaient saluer à l'avant-scène. Fatiguée mais radieuse, Louise serra très fort la main de Stéphane en s'inclinant gracieusement face au public. Puis ce fut le noir sur le plateau, la salle se ralluma et les gens commencèrent à sortir.

À peine en coulisses, Stéphane poussa un long soupir de soulagement.

— Bon sang, je déteste Corneille, j'ai toujours peur d'avoir un trou de mémoire !

— Tu étais magnifique, affirma Louise.

— Merci, ma chérie, mais je crois que tu nous as tous éclipsés, comme d'habitude.

Après cet échange de compliments, ils regagnèrent leurs loges pour se changer. Louise commença par se démaquiller, puis elle défit son chignon et brossa énergiquement ses longs cheveux avant de les attacher en queue-de-cheval. Elle ôta sa robe qu'elle suspendit avec soin, remit son jean, ses boots, son pull à col roulé, et enfin ouvrit la porte aux quelques adolescents qui l'attendaient dans le couloir pour la féliciter ou lui demander des autographes. Souriante, disponible, elle sacrifia au rituel tout en répondant aux questions d'une jeune fille timide qui rêvait d'être comédienne.

Lorsqu'elle put quitter le théâtre, il était presque huit heures et une belle couche de neige enveloppait Arles. Un peu anxieuse à l'idée de l'état des routes, elle décida d'appeler Fanélie pour la prévenir qu'elle serait en retard. Elle s'installa dans sa vieille Polo garée un peu plus bas sur le boulevard Clemenceau, mit le moteur en route pour le laisser chauffer, puis chercha son portable au fond de son sac.

Grégoire avait roulé à tombeau ouvert jusqu'à sa maison, la ventilation envoyant un air brûlant à travers l'habitacle. Recroquevillé sous sa couverture, le petit garçon était resté muet, continuant à claquer des dents et à frissonner.

Une fois chez lui, Grégoire avait allongé le gamin sur un canapé, il lui avait enlevé ses vêtements mouillés, ses bottes et ses chaussettes, puis l'avait vigoureusement frictionné avec de l'eau de Cologne avant de l'envelopper dans une robe de chambre en laine. Ensuite il lui avait fait boire du thé chaud, lentement, une gorgée après l'autre.

— Tu te sens mieux, petit ? Il faut que tu me dises ton nom, et où tu habites. Des gens doivent s'inquiéter pour toi…

Il trouvait l'enfant très pâle, toujours prostré, et il commençait à se faire du souci. Saisissant son téléphone, il appela d'abord un ami médecin, à Salon-de-Provence, puis la gendarmerie où on lui confirma qu'un petit garçon avait été signalé disparu une heure plus tôt.

— Je vais te faire un bon feu en attendant ta famille, décida-t-il.

Pendant cinq minutes, il s'activa devant l'âtre, laissant tranquille le gamin. Lorsqu'il eut obtenu de belles flammes hautes, il se retourna.

— Je m'appelle Grégoire. Et toi ?

Au bout d'un long moment, alors qu'il désespérait d'obtenir une réponse, une voix fluette et mal assurée s'éleva :

— Florent…

— Magnifique ! Eh bien, Florent, si tu veux quelque chose, dis-le-moi.

Le petit garçon avait fermé les yeux et des larmes perlaient entre ses cils. Avait-il encore froid ou mal quelque part ? Peur de se faire gronder ? Grégoire n'avait pas l'intention de l'interroger, le pauvre petit aurait bien assez à faire, tout à l'heure, entre ses parents et les gendarmes.

Regagnant la cuisine où il remit de l'eau à chauffer, il en profita pour donner à manger à ses chiens. Il déposa deux gamelles pleines de croquettes sur le sol de la buanderie, puis revint au salon avec une théière pleine. L'enfant n'avait pas bougé, les yeux rivés sur les flammes, les poings serrés posés sur ses genoux. Apparemment, il ne voulait pas affronter le regard de Grégoire, encore moins lui parler.

— Tu m'as entendu téléphoner, tout à l'heure ? Un médecin va venir, c'est un ami. Et aussi tes parents, bien sûr !

— Ma mère, protesta le gamin. Pas mon père.

Grégoire hocha la tête, perplexe, avant de verser le thé et d'ajouter trois sucres dans la tasse de Florent.

— Bois encore, tu en as besoin.

Le bruit d'une voiture s'arrêtant devant la maison leur fit tourner la tête ensemble. Un grand gaillard entra, avec une bouffée d'air froid.

— C'est le rescapé ? s'exclama le nouvel arrivant en désignant Florent. Il n'a pas l'air trop mal en point !

Sourire aux lèvres, il s'approcha et posa sa sacoche à l'autre bout du canapé.

— Salut, bonhomme. Tu veux bien que je t'examine ?

C'était une question de pure forme car déjà il avait pris son stéthoscope. Grégoire s'éloigna discrètement afin de ne pas troubler davantage le gamin. Quand donc ses parents allaient-ils se décider à arriver ? S'il avait eu la chance d'avoir un petit garçon comme celui-là, il ne l'aurait pas laissé traîner sans surveillance. À quoi pensaient ces gens en ce moment ? Qu'ils avaient

« égaré » leur fils ? En ce qui le concernait, il avait passé une demi-journée à chercher deux chèvres, mais, pour son enfant, il aurait retourné toute la plaine de la Crau pierre par pierre !

« Tu ne t'en remettras jamais », songea-t-il avec lassitude. Il savait très bien que ce petit Florent le ramenait vers ses plus sombres pensées, celles qui l'enchaînaient au souvenir de sa fille que nul n'avait pu protéger ni sauver. Sa fille morte alors qu'il était à des milliers de kilomètres du drame, décapitée par un camion sans que rien l'en avertisse dans sa chair. Depuis, il faisait souvent le même cauchemar, il se voyait marcher dans le hall désert d'un aéroport, avec une sonnerie lancinante qui l'obligeait à chercher partout un téléphone, mais il n'y en avait nulle part.

— C'est une vilaine coupure que tu as là, dit le médecin derrière lui. Essaie d'ouvrir un peu plus grand ta main. Tout doucement…

Un gémissement aussi faible qu'un petit cri d'oiseau serra le cœur de Grégoire. En plus, le gamin s'était blessé ! Voilà pourquoi il avait gardé ses mains dans ses poches puis, une fois déshabillé, ses poings fermés. Par bonheur, Marc était un excellent toubib, il allait faire ce qu'il fallait. Réfrénant sa curiosité, Grégoire s'obligea à rester à l'autre bout de la pièce. Ce pauvre bout de chou devait se sentir très mal à l'aise dans une maison inconnue, entre deux grands costauds qu'il ne connaissait pas. Quand donc sa mère se déciderait-elle à arriver ?

Grégoire regarda autour de lui, essayant d'imaginer ce que voyait l'enfant. Une grande salle aux murs blancs et au sol de tomettes, avec quelques beaux meubles arlésiens un peu austères. Et aussi un désordre d'homme solitaire trahi par les journaux mal repliés qui encombraient la table basse, deux pulls abandonnés sur le dossier d'une chaise paillée, une boîte à outils ouverte.

Cette maison, réaménagée à son idée après la mort de son grand-père, était celle de son enfance, et il avait su lui conserver tout son cachet de vieux mas provençal. Adossée aux coups violents du mistral, elle s'ouvrait largement sur les collines par une façade située au sud. Ses murs épais étaient constitués de moellons au rez-de-chaussée et de pierres de taille à l'étage, un pigeonnier la flanquait d'un côté, une bergerie de l'autre, l'ensemble formant un U. Afin de mieux profiter de tout l'espace inutilisé, Grégoire avait décidé de faire communiquer les bâtiments entre eux, et il se félicitait chaque jour du résultat. Pourtant, Marc lui avait prédit les pires ennuis quand il s'était lancé dans son projet, arguant que tout allait s'effondrer, que ce serait impossible à chauffer l'hiver, que la maison y perdrait son âme. « C'est l'influence américaine, tu vas faire des bêtises ! » Entêté, Grégoire ne l'avait pas écouté, ouvrant une arche vers le pigeonnier transformé en bureau-bibliothèque, perçant une porte vers la bergerie devenue cuisine. Dès la fin des travaux, ces deux pièces étaient évidemment devenues ses préférées, celles de Marc aussi.

À l'approche des fêtes, comme chaque année, il était allé chercher le gros carton de santons dans la cave, et il avait commencé à préparer le décor de la crèche. Ce rituel lui rappelait sa jeunesse et tout le mal qu'il se donnait alors pour placer chaque figurine convergeant vers l'étable, du rémouleur au *pistachié*, de la lavandière au *ravi* levant les bras au ciel. Sur une colline de papier marron savamment travaillé, il avait fabriqué un pont, un sentier, une fausse rivière que traversaient des gardians à cheval, un puits d'où revenait la porteuse d'eau, des flocons de neige en coton, de minuscules brins de paille pour y installer l'âne et le bœuf. Jusqu'au dernier moment, le petit Jésus resterait à l'écart en attendant de naître à minuit, et les trois rois mages, avec leurs chameaux, devraient patienter jusqu'à l'Épiphanie. Pourquoi continuait-il ainsi la tradition ? Pour qui ? Il n'avait plus de famille, seulement des amis qui viendraient réveillonner avec lui, et aucun enfant pour s'émerveiller.

Dans la cuisine, les chiens donnèrent de la voix et Grégoire alla directement ouvrir avant que le brigadier de gendarmerie ait eu le temps de frapper.

— Bonsoir, monsieur Fabre, dit l'officier en portant la main à son képi.

Désignant une femme qui se tenait derrière lui, il ajouta :

— Voici la maman d'un petit garçon qui ne…

Elle ne le laissa pas achever sa phrase, le bouscula pour entrer plus vite dans la maison, heurtant l'épaule de Grégoire au passage. Éperdue, elle se précipita vers le canapé, et s'agenouilla devant l'enfant sans accorder un regard au médecin.

— Florent !

Les bras grands ouverts, elle fondit en larmes tandis que le gamin se jetait contre elle.

— J'ai eu si peur, mon amour, mon bébé ! Fanélie était morte d'inquiétude aussi, qu'est-ce qui t'a pris ?

L'enfant serrait les dents sans répondre, peut-être pour ne pas se mettre à pleurer, comme sa mère. Dans le silence qui suivit, la jeune femme leva la tête vers Marc.

— C'est vous qui l'avez trouvé ?

— Non, c'est Grégoire. Je suis un de ses amis et je suis par ailleurs médecin. J'ai examiné votre fils. À part une coupure dans la paume de la main, il va bien. Naturellement, il est encore choqué, mais je pense qu'il a été réchauffé à temps.

— Merci, mon Dieu, murmura-t-elle.

— De rien ! lâcha Grégoire avec un sourire ironique.

Cette femme lui était violemment antipathique, d'abord parce qu'elle avait mis des heures à s'apercevoir de la disparition de son enfant, ensuite parce qu'elle ne trouvait pas ses mots, ni pour rassurer le gamin ni pour exprimer une quelconque gratitude.

Elle se tourna à moitié pour le regarder, tenant toujours Florent contre elle. Ses grands yeux sombres le scrutèrent quelques instants, puis elle esquissa un sourire contraint.

— Je ne sais comment vous dire…

Effectivement, elle ne devait pas savoir, car elle s'arrêta là. Était-elle embarrassée par la stature de Grégoire, sa barbe de deux jours, ses cheveux ébouriffés qu'il négligeait de faire couper ? Il devait avoir l'air d'un sauvage, d'accord, néanmoins il n'apprécia pas d'être dévisagé de la sorte. Profitant du silence, il s'adressa au brigadier.

— Le petit était sur la colline de Sainte-Croix, je l'ai repéré dans mes phares grâce à la couleur de son anorak et à celle de sa luge. Parce que du rouge et du bleu, sur toute cette neige… Bref, j'ai fait le tour avec le 4 × 4 pour pouvoir aller le chercher. Il y avait une hache et une scie près de lui, je crois qu'il devait vouloir couper un sapin.

En parlant, il eut l'impression de trahir le petit garçon, mais il fallait bien qu'il fournisse quelques explications au gendarme.

— Il était donc sur vos terres ?

— Rien ne différencie Sainte-Croix des collines avoisinantes, et je ne l'interdis pas aux promeneurs.

— Je sais... Tout de même, le môme a eu de la chance que vous passiez par là !

— Je cherchais deux chèvres qui avaient faussé compagnie à mon berger.

— Vous les avez trouvées aussi ?

— Oui. Rassurez-vous, elles ne vagabondent plus sur la voie publique.

Amusé, l'officier hocha la tête et referma le calepin sur lequel il n'avait pratiquement rien écrit. Pour lui, l'affaire était close.

— Je vais vous raccompagner chez vous, madame, dit-il à la jeune femme.

Elle se releva enfin, son fils dans ses bras.

— Pour sa main, intervint le médecin, refaites le pansement aussi souvent que nécessaire, il ne faut pas que ça s'infecte. Et n'hésitez pas à le conduire chez un confrère au moindre doute.

Grégoire alla ramasser les vêtements et les bottes de l'enfant qu'il mit dans un sac en plastique.

— Gardez la robe de chambre et la couverture, proposa-t-il, je les récupérerai en lui rapportant sa luge.

— Je ne veux pas vous déranger, protesta-t-elle. Vous en avez déjà beaucoup fait.

— Un peu plus ou un peu moins...

Conscient d'être désagréable, il caressa furtivement les cheveux de l'enfant.

— Au revoir, Florent.

— Je m'appelle Louise Balleroy, ajouta la jeune femme, et nous habitons la petite maison aux volets bleus, au bout du chemin de la Baume. Vous voyez l'endroit ?

— Très bien.

Elle voulut ajouter quelque chose mais il ne lui en laissa pas le temps, la précédant vers la porte.

— Oh, maman, la crèche ! s'écria Florent.

Louise marqua un léger temps d'arrêt en passant devant la table où s'entassaient les santons dans leur décor de montagne, cependant elle ne s'attarda qu'une seconde, apparemment pressée de partir.

Dehors, la neige tombait de nouveau et l'estafette de gendarmerie était en train de blanchir.

— Sur la poudreuse, ça glissera moins ! plaisanta le brigadier.

Immobile, Grégoire les regarda monter dans le véhicule, puis il rentra chez lui.

— Aurais-tu autre chose à m'offrir que du thé ? s'enquit Marc depuis la cuisine.

— Sers-toi ce que tu veux. J'ai un excellent bandol rouge si ça te tente.

Ils s'installèrent de part et d'autre de la lourde table de noyer, sur les bancs de paille qui dataient du grand-père.

— Jolie femme ! lança Marc avec un sourire malicieux. Mais tu as été aussi aimable avec elle qu'une porte de prison.

— J'aurais dû lui faire des grâces ? Une *esboufaire* qui attend la nuit pour s'apercevoir que son gamin manque à l'appel ? Je ne sais pas combien de temps ce garçon est resté prostré dans la neige et dans l'obscurité, mais il devait paniquer !

— Les mômes font des trucs insensés, tu sais bien. On ne peut pas les surveiller comme le lait sur le feu. Je répète que je trouve sa mère très jolie.

Grégoire se mit à rire tout en débouchant la bouteille. Les nombreux coups de cœur de Marc ne lui avaient pas encore permis de vivre le grand amour dont il prétendait rêver.

— Finalement, Greg, elle n'habite pas très loin de chez toi, comment se fait-il que tu ne la connaisses pas ?

— Je les ai aperçus une fois, elle et son mari, il y a bien deux ans de ça. Ils venaient d'acheter la bicoque aux volets bleus et ils entreprenaient des travaux. Dieu sait qu'il y avait de quoi faire ! Mais j'ai entendu dire que le mari est parti, alors les choses ont dû rester en l'état… Le petit, quand je lui ai parlé de ses parents, il a bien précisé : « Ma mère, pas mon père ! »

— En somme, j'ai toutes mes chances ?

L'air réjoui, Marc choqua son verre contre celui de Grégoire qui soupira :

— Que tu peux être cavaleur, c'est à ne pas croire… Tu restes dîner ?

Leur amitié, qui remontait à l'école primaire, se passait de formalités, aussi Marc se contenta-t-il d'acquiescer. Il appréciait beaucoup la maison de Grégoire, surtout depuis que celui-ci l'avait rendue si confortable. À l'époque du grand-père, il n'y avait que des sièges en bois dur et pas de rideaux aux fenêtres, mais le vieil homme ne s'intéressait qu'à ses terres, ses bêtes, à la rigueur à la chasse qu'il pratiquait en solitaire. Les copains de Grégoire avaient tendance à le plaindre, persuadés qu'il vivait avec un ours, alors qu'en réalité grand-père et petit-fils s'entendaient comme larrons en foire.

— J'ai des rougets, proposa Grégoire. On s'en fait une poêlée avec un peu de riz sauvage ?

— Je m'en charge. Va finir ta crèche pendant ce temps-là.

Tandis que Marc commençait à lever les filets des poissons, Grégoire regagna le séjour. Il éteignit quelques lampes qui brûlaient pour rien, ne laissant qu'un halogène près des santons. L'aveugle et son fils, le curé, deux Arlésiennes et le tambourinaire n'avaient pas encore trouvé leurs places. Songeur, Grégoire repensa à l'expression émerveillée du petit garçon, tout à l'heure, lorsqu'il avait aperçu la crèche. N'y avait-il donc *rien* chez lui, ni sapin de Noël ni décorations ? Il se promit d'aller récupérer sa luge le lendemain. Avec toute cette neige, c'était le moment ou jamais de s'en servir.

Prenant un peu de recul, il considéra son décor d'un œil critique. Même lorsqu'il avait quitté la maison pour aller vivre sa vie de jeune homme à Nîmes, dans un studio sous les toits, il était toujours revenu passer Noël chez son grand-père, essayant de se surpasser chaque année avec les santons, les treize desserts, la plus énorme des bûches de la réserve dans la cheminée, et l'assiduité à la messe de minuit. Mais du jour où il était parti pour l'Amérique, qu'avait fait le pauvre homme de ses réveillons solitaires ?

Une bouffée d'amertume trop familière lui fit hausser les épaules. Il s'en voulait encore d'avoir suivi Jane là-bas, surtout pour réaliser un beau jour qu'il ne l'aimait plus ! Sans Liz, sa merveilleuse petite Liz, il aurait probablement divorcé assez vite.

— On ne peut pas récrire l'histoire, marmonna-t-il.

Qu'est-ce qui l'avait donc séduit dans cette Américaine à l'accent prononcé, rencontrée par hasard aux arènes ? Cet après-midi-là, il s'était payé un des billets les moins chers, tout en haut de l'amphithéâtre, impatient de découvrir le petit prodige de la tauromachie qui arrivait d'Espagne et dont on parlait tant à Nîmes. Jane déambulait sur les pierres inégales du dernier gradin, son appareil photo en bandoulière, avec l'air extasié des touristes. Elle avait de belles jambes, longues et bronzées, des yeux clairs, des dents éclatantes. Sans faire de manières, elle était allée prendre un verre avec lui après la corrida, expliquant qu'elle passait l'été dans le sud de la France. Il s'était proposé pour lui servir de guide et l'avait emmenée visiter les Baux, la Camargue, le moulin de Daudet, les Saintes-Maries-de-la-Mer. Très vite, il avait compris qu'il lui plaisait beaucoup, ce qui était flatteur. Trois jours plus tard, ils faisaient passionnément l'amour dans le petit studio sous les toits. En septembre, quand elle avait annoncé qu'elle rentrait chez elle, il lui avait proposé le mariage, et il continuait à se demander pourquoi. Parce qu'elle était blonde ? Dieu, qu'on est bête, à vingt ans !

Marc traversa la grande salle, prenant Grégoire en flagrant délit de rêverie.

— Je dois avoir une pince à épiler dans ma sacoche, déclara-t-il. Si seulement les rougets n'avaient pas d'arêtes ! Où caches-tu ton thym ?

— Dans le pot en faïence, sur le bord de la fenêtre.

Derrière lui, Marc contempla un moment les santons.

— Ils sont magnifiques. Je ne sais pas si on en fait encore des comme ça…

— Je connais un bon santonnier en Arles, mais je te préviens, il les vend à prix d'or.

— Je n'ai pas l'intention d'en acheter, de toute façon, je passe Noël chez toi !

Une chambre était toujours prête pour lui, où il aimait se réveiller certains dimanches après des soirées bien arrosées, sûr que Grégoire lui ferait passer sa gueule de bois en l'entraînant à travers les collines. Encore plus grand et plus athlétique que lui, Grégoire l'obligeait à se dépenser physiquement jusqu'à l'épuisement, et ces longues marches, les chiens gambadant devant eux, lui permettaient d'oublier un peu son rude travail de médecin de campagne ainsi que ses déconvenues sentimentales.

— Ahurissant, dit-il en désignant une figurine, ce curé qui se hâte pour assister à la naissance du petit Jésus alors que l'Église catholique n'est pas encore inventée…

Indifférent à sa plaisanterie, Grégoire le poussa vers la cuisine.

— Va finir ce que tu as commencé, j'ai faim !

Il rajouta du bois dans la cheminée, donna quelques coups de soufflet puis rejoignit Marc. Un moment, ils s'affairèrent en silence, Grégoire mettant le couvert tandis que Marc saisissait les rougets dans un peu d'huile d'olive.

Lundi 22 décembre

La neige était encore tombée une partie de la nuit et, le lendemain matin, les Alpilles bleues offraient un paysage de conte de fées, uniformément blanc.

Comme le théâtre faisait relâche le lundi, Louise en profita pour emmener Florent à Salon-de-Provence, où elle voulait effectuer ses derniers achats.

— On pourra manger des pâtes à La Fabrique ? demanda le petit garçon lorsqu'ils furent garés dans le centre-ville.

Trois mois plus tôt, Louise l'avait emmené visiter la maison de Nostradamus, et ensuite ils s'étaient offert une halte dans un drôle de restaurant qui servait des pâtes maison cuisinées à toutes les sauces imaginables.

— D'accord, ce sera ta récompense si tu es sage dans les magasins.

Elle s'obligea à ne pas le prendre par la main pour traverser la rue. Ne pas le traiter en bébé restait l'un de ses objectifs même si, depuis la veille, l'angoisse folle qu'elle avait éprouvée ne s'était pas tout à fait dissipée. Une partie de la nuit, elle s'était tournée et retournée dans son lit, incapable de trouver le sommeil, oppressée à l'idée de ce qui aurait pu arriver. Sans le passage providentiel de Grégoire Fabre à cet endroit précis, combien de temps aurait-il fallu aux gendarmes pour retrouver Florent, et dans quel état ? Elle avait essayé de l'interroger en le bordant dans son lit, mais il ne se souvenait plus de grand-chose à partir du moment où il s'était laissé tomber dans la neige, engourdi de froid et terrifié par la blessure de sa paume qui n'arrêtait pas de saigner. Penchée au-dessus de lui tandis qu'il s'endormait, Louise avait pesé le pour et le contre au sujet de ce maudit sapin. Devait-elle en acheter un ou pas ? Apparemment, son petit garçon y attachait beaucoup d'importance, mais lui céder revenait à approuver sa folle expédition.

Ils firent un peu de lèche-vitrines dans les rues de la vieille cité, passèrent place Crousillat pour jeter un coup d'œil à la fameuse fontaine moussue, tout enneigée, puis entrèrent dans l'une des nombreuses boutiques qui vendaient les produits des savonneries de Salon.

— Avant de déjeuner, proposa Louise, j'aimerais bien qu'on s'arrête au cabinet médical pour y montrer ta main.

— Elle ne me fait pas mal !

— Non ? Alors, pourquoi la gardes-tu dans ta poche ?

Contrarié, Florent secoua la tête, faisant voler sa frange de cheveux blonds.

— J'en ai déjà vu un hier, de docteur… Il était gentil. L'autre monsieur aussi, celui avec les chiens.

Bien entendu, Grégoire Fabre devait être une sorte de héros aux yeux du petit garçon. Un géant qui l'avait sauvé avec ses deux gros chiens et sa grosse voiture. En ce qui la concernait, et malgré toute la reconnaissance qu'elle lui devait, Louise l'avait trouvé plutôt condescendant, voire désagréable envers elle. Pourquoi ? Trop bouleversée, elle n'avait pas songé à lui rembourser la consultation de son ami médecin, mais elle doutait fort que ce soit la raison de son agressivité.

— Ma parole, c'est ma Chimène et son apprenti bûcheron ! s'exclama Stéphane en s'arrêtant devant eux.

Chargé de paquets, il était emmitouflé dans un blouson bleu nuit, une écharpe blanche négligemment nouée autour du cou. Son physique de jeune premier le rendait très séduisant, cependant Louise ne voyait en lui qu'un camarade de scène, ainsi qu'un ami à qui se confier. Le matin même, elle lui avait raconté par téléphone l'aventure de Florent, trouvant enfin le courage d'en rire parce que Stéphane tournait tout en dérision.

— On déjeune ensemble ? proposa-t-il.

— Nous avions déjà choisi La Fabrique.

— Alors, je vous y invite !

Sa gentillesse était assez irrésistible pour que Florent lui-même ne prenne pas ombrage de sa présence. Tout en bavardant, ils gagnèrent la rue de l'Horloge, toute proche, et le drôle de restaurant installé dans un ancien garage. Après avoir passé la commande, Stéphane se mit à parler avec enthousiasme de la prochaine pièce pour laquelle ils étaient engagés, Louise et lui. Un texte moderne d'un jeune auteur très inspiré, qui allait considérablement les changer de Corneille. Les répétitions débuteraient dès la mi-janvier, le spectacle serait joué plusieurs fois en Arles, puis à Montpellier, et il était déjà programmé pour le prochain Festival d'Avignon.

— Avoir du travail en perspective est un tel luxe ! conclut-il en choquant son verre contre celui de Louise.

Comme tous les comédiens, ils payaient le bonheur d'être en scène par une terrible angoisse de l'avenir. L'année précédente, Stéphane était resté plus de six mois au chômage, sans le moindre contrat en vue, et il avait fini par accepter de tourner une publicité insipide pour des rasoirs jetables. « Avec une joue couverte de mousse et un sourire bien niais, face à la caméra, tu te demandes soudain pourquoi tu as perdu trois ans de ta vie au conservatoire ! »

Louise se posait parfois la même question, bien qu'elle ait su tirer son épingle du jeu jusqu'ici. Élever seule Florent était une responsabilité effrayante, surtout en sachant que Xavier s'en était totalement désintéressé. Aurait-elle les moyens de payer des études à son fils plus tard ? Devait-elle entamer une procédure de divorce, contraindre Xavier à l'aider matériellement ? L'idée d'aller consulter un avocat la décourageait d'autant plus que cette démarche signifierait vraiment la fin de leur couple, de la famille que Louise avait voulu fonder.

— Si tu me racontais ton aventure d'hier ? suggéra Stéphane en s'adressant à Florent.

Aussitôt, le petit garçon se renfrogna et cessa de manger ses profiteroles. La cuillère en l'air, il regarda Stéphane, puis sa mère, et baissa la tête.

— Oh, ce n'est pas grave si tu n'as pas envie d'en parler ! se hâta d'ajouter Stéphane. L'important est que tu sois sain et sauf, ici, avec nous…

Navré de sa maladresse, il adressa une mimique d'excuse à Louise avant de réclamer l'addition. Malgré toute sa bonne volonté, il ne savait pas très bien s'y prendre avec les enfants, et ce constat rendit Louise songeuse. Combien de temps Florent allait-il devoir se passer d'un père, d'un modèle masculin ? Jamais il ne parlait de Xavier ni ne demandait de ses nouvelles, comme s'il l'avait effacé de sa mémoire. Mais il y pensait forcément, et sans doute avait-il beaucoup de peine. Louise ne savait pas quoi lui dire, elle n'avait même pas une carte postale à lui montrer puisque Xavier ne donnait pas signe de vie. À l'école, que racontait-il à ses copains au sujet de ce père disparu un beau matin ? Et accepterait-il, le cas échéant, qu'un autre homme entre dans la vie de sa mère, dans la sienne ?

Une bouffée de rage la fit se lever, impatiente, tandis que Stéphane récupérait sa monnaie. Elle devait oublier Xavier pour de bon, chasser ce petit espoir insidieux qui demeurait tapi au fond de sa tête. Qu'avait-elle fait depuis qu'il était parti, sinon attendre ? Bien sûr, travailler d'arrache-pied pour être la meilleure en scène lorsque l'occasion s'en présentait enfin, chercher des engagements, s'occuper de Florent, jongler avec un budget serré pour payer les factures et continuer à rafistoler la maison dévorait tout son temps. Mais si elle n'y prenait pas garde, les années passeraient sans que rien ne change.

— On va se dépêcher de rentrer avant la nuit, dit-elle à Stéphane. Vu l'état des routes… En tout cas, merci pour ce déjeuner, et nous t'attendrons mercredi comme convenu.

Ils se séparèrent sur le trottoir, et Louise prit tendrement Florent par l'épaule.

— Allez, on passe au cabinet médical cinq minutes, j'y tiens, mon bonhomme.

Ignorant les protestations outrées du petit garçon, elle se mit à parler du menu du réveillon.

Grégoire coupa le contact, mais, avant de descendre du Land Rover, il observa attentivement la modeste maison aux volets bleus. Longtemps restée à l'abandon, elle était loin d'avoir retrouvé une allure pimpante, néanmoins le toit avait été refait, les volets repeints. De la fumée s'échappait de la cheminée, et une vieille Polo un peu cabossée était garée à l'angle du mur.

Sa curiosité satisfaite, Grégoire alla récupérer à l'arrière la luge et les outils, puis il se dirigea vers la porte. Comme il n'y avait ni sonnette ni heurtoir, il se contenta de frapper. Presque aussitôt, une femme âgée lui ouvrit, le dévisageant avec hostilité.

— Qui êtes-vous ? lui lança-t-elle d'un ton revêche.

— C'est Grégoire ! s'exclama Florent qui était en train de dévaler l'escalier.

La vieille dame baissa les yeux sur la luge bleue et hocha la tête, résignée, tandis que le petit garçon se faufilait devant elle.

— Merci beaucoup ! dit-il gaiement.

Sa spontanéité fit sourire Grégoire qui se pencha vers lui.

— Je t'ai aussi rapporté ta hache et ta scie. Range-les soigneusement mais sans te blesser, cette fois.

Sous sa frange de cheveux blonds, Florent le scrutait comme s'il attendait quelque chose.

— Entrez, proposa-t-il enfin. Je vais chercher votre robe de chambre… Tu l'as mise où, Fanélie ?

— Je m'en occupe, reste tranquille, répliqua-t-elle en s'éloignant.

Grégoire pénétra dans le vestibule et referma la porte.

— Comment va ta main ?

— Oh, bien, bien ! éluda le gamin qui ne le lâchait pas du regard.

— Et ton sapin ?

Secouant la tête, Florent eut une expression désolée.

— Pour ça… C'était une mauvaise idée, n'est-ce pas ?

— Pas plus mauvaise qu'une autre, affirma Grégoire à mi-voix.

— Mais ils sont tous à vous, alors même si…

— Justement. Veux-tu que je t'en rapporte un ?

Sans doute le petit garçon espérait-il ce genre de proposition car son visage s'illumina. Le sapin de Noël devait être son obsession, à voir les efforts qu'il avait déployés pour aller en chercher un, toutefois sa mère risquait de ne pas être d'accord.

— Ta maman est là ?

— Elle prend un bain, elle avait froid.

Au même instant, Louise apparut dans l'escalier, vêtue d'un peignoir d'éponge trop grand pour elle et coiffée d'une serviette nouée en turban. Un peu de mascara avait coulé sur ses joues. Manifestement Grégoire se présentait au mauvais moment. Mais quelle idée aussi de se baigner à cinq heures de l'après-midi ! Est-ce qu'il arrivait à cette femme de s'occuper d'autre chose que d'elle-même ?

— Bonsoir, monsieur Fabre, vous n'auriez pas dû vous déplacer jusqu'ici…

— Nous sommes presque voisins, rappela-t-il avec désinvolture.

Renonçant à parler du sapin pour ne pas essuyer un refus, Grégoire prit la robe de chambre et la couverture que Fanélie lui tendait.

— Je ne vous dérange pas plus longtemps ! ajouta-t-il, ironique.

Il esquissa un vague salut avant de sortir, surpris de la contrariété qu'il ressentait à ne pas avoir pu bavarder cinq minutes de plus avec le gamin. Aimait-il à ce point les enfants ? Une ou deux fois, durant ces dernières années, il avait caressé l'idée de se remarier, mais quelque chose en lui se refusait absolument à remplacer sa petite Liz. Être père à nouveau – surtout d'une fille – reviendrait à estomper le souvenir de celle qu'il avait enterrée là-bas, de l'autre côté de l'Atlantique. Et puis, si c'était pour se réveiller un beau matin à côté d'une étrangère… Jane lui avait fait cet effet-là en consentant, du bout des lèvres : « Si tu ne peux pas t'en passer, va donc en France. Mais je te préviens, reviens très vite, je n'aime pas attendre. » *Ici, au pied, pas bouger* : tout à fait le genre d'ordres qu'il donnait à ses chiens !

À travers son pare-brise il aperçut Florent, debout devant la porte, qui lui faisait au revoir de sa main bandée. En réponse, il lui adressa deux appels de phares suivis d'un petit coup de Klaxon, puis il fit demi-tour. Dans son rétroviseur, il vit que le gamin laissait retomber sa main, petite silhouette fragile et attendrissante. Bon sang, pourquoi lui refusait-on un malheureux sapin de Noël ? On pouvait en acheter sans se ruiner dans n'importe quel supermarché ! D'ailleurs, cette femme n'avait pas l'air misérable malgré sa voiture hors d'âge et sa maison mal restaurée, mais, à l'évidence, les désirs de son fils ne constituaient pas une priorité pour elle.

Grégoire mit le chauffage en route avant de prendre la direction d'Eyguières. Il avait besoin de pain, de cigarettes, et aussi de faire le plein d'essence. Pour ne pas vivre en reclus, il conservait l'habitude de se rendre presque chaque jour au village. Il y prenait son journal, allait discuter avec son ami garagiste, s'arrêtait parfois boire un verre au relais du Coche, et se fournissait en produits frais sur le marché provençal du mardi. De temps à autre, il poussait jusqu'à Salon pour des courses plus complètes, et, ces jours-là, il passait au cabinet médical pour inviter Marc à déjeuner au mas du Soleil ou au Craponne. Hormis ces quelques escapades, il se consacrait à ses terres avec un réel bonheur. S'occuper de ses arbres, améliorer la qualité des sols, récolter puis vendre les olives, les amandes et les figues le comblaient. Si son grand-père pouvait le voir, de là-haut, sans doute serait-il fier de lui.

À condition d'oublier que c'était grâce à l'argent de Jane que *Lou Roucas* avait pu rester dans la famille. Car même si Grégoire n'avait évidemment rien demandé, il s'était retrouvé l'héritier de Jane. La grande maison blanche avec sa pelouse impeccable lui revenait de droit, il l'avait vendue en hâte avant de quitter l'Amérique, stupéfait par le prix obtenu. Cette somme lui avait servi à payer les dettes de son grand-père en rachetant *Lou Roucas* aux créanciers. Avec le solde, il avait pu moderniser l'exploitation, acquérir un nouveau cheptel destiné à paître sur les terres non cultivables, et réaménager le mas. Il y avait investi jusqu'au dernier sou, comme s'il voulait faire table rase du passé pour repartir de zéro. Depuis il vivait bien, sans rouler sur l'or, et parce qu'il se donnait du mal.

Il fit ses emplettes à Eyguières alors que la nuit tombait. Demain matin, il reviendrait très tôt, à l'heure où le marché s'installerait, muni de la liste que Marc lui avait dictée par téléphone. À l'en croire, une foule d'ingrédients étaient nécessaires pour réaliser le dîner du réveillon. Mais Grégoire lui faisait confiance, ils allaient se régaler. Un couple d'amis et les parents de Marc étaient invités, ainsi que les deux bergers qui les rejoindraient après le *pastrage*, l'offrande traditionnelle d'un agneau à la crèche de l'église paroissiale. Noël était une fête sacrée en Provence, il n'y avait vraiment que cette Louise Balleroy pour l'ignorer !

Marc nota sur son agenda les rendez-vous transmis par le secrétariat téléphonique. Comme convenu, il ne recevrait aucun patient à partir du 24 à midi, jusqu'au 26 au matin. Son confrère et associé se chargeant de la garde de Noël, Marc prendrait en échange celle de la Saint-Sylvestre.

Avant de quitter son cabinet, il s'obligea, comme chaque soir, à ranger les dossiers des malades dans les classeurs métalliques.

— Florent Balleroy..., marmonna-t-il en relisant une fiche.

Lorsque, en début d'après-midi, il avait découvert le petit garçon et sa mère dans la salle d'attente, il s'était senti tout guilleret. Plus belle encore que la veille, Louise l'avait gratifié d'un sourire plein de charme avant de préciser qu'elle passait juste « par acquit de conscience ». Marc avait réexaminé la plaie, profonde mais propre, puis refait le pansement. Le petit garçon étant à jour dans ses vaccinations, il fallait juste surveiller la cicatrisation. En les raccompagnant, il aurait voulu trouver quelque chose de spirituel à dire, mais rien ne lui était venu.

— Que tu es bête, mon pauvre, soupira-t-il en refermant bruyamment un tiroir.

Pourtant, il savait s'y prendre avec les femmes, et il ratait rarement une occasion. Était-ce la tête d'ange blond du gamin et ses grands yeux sombres qui l'avaient arrêté ? Il en était quitte pour attendre que le hasard les remette en présence, ce qui n'arriverait peut-être pas de sitôt ! Louise avait expliqué que leur médecin habituel exerçait en Arles, et seul l'état des routes expliquait sa visite d'aujourd'hui. Peut-être la croiserait-il au cours d'une de ses balades avec Grégoire ? Non, peu probable, elle n'était pas du genre à arpenter les collines, elle ressemblait davantage à une citadine avec ses bottes à hauts talons et le ruban de soie qui retenait sa queue-de-cheval.

— Tu as raté le coche, c'est tout !

Bon, il n'allait pas en faire une histoire, d'autant moins que son cabinet n'était pas son terrain de chasse. Draguer les patientes revenait à se saborder, les rumeurs allant plus vite que le mistral dans une si petite ville.

Il empoigna sa sacoche, éteignit les lumières. Il lui restait à voir trois malades à domicile, et la neige s'était remise à tomber.

Mardi 23 décembre

Postée derrière le carreau de la cuisine, Fanélie ne quittait pas Florent des yeux. Elle l'avait déjà perdu une fois, elle ne supportait pas l'idée qu'il puisse disparaître à nouveau. Et puis, ce bonhomme, dehors, ne lui disait rien qui vaille. Bien sûr, c'était lui qui avait retrouvé Florent, alors d'un côté elle lui vouerait pour le restant de ses jours une infinie reconnaissance, mais, de l'autre, elle lui en voulait confusément d'avoir fait ce qu'elle n'avait pas su faire.

Grégoire Fabre. Elle le connaissait de vue, ou plutôt l'avait connu quand il était jeune. Elle se souvenait aussi de son grand-père, Antonin, et de tout ce scandale, à l'époque, autour de leur famille. La fille d'Antonin était à moitié folle – du moins le prétendaient les mauvaises langues –, elle ne pensait qu'à danser et à raccourcir ses minijupes. Quand elle avait eu son bébé, neuf mois après un bal de 14 Juillet, elle ne devait même plus se souvenir du nom du père. Un temps, elle avait joué à la maman, avant de se remettre à courir par monts et par vaux, en quête de plaisirs éphémères, sans plus s'occuper du petit Grégoire, dont Antonin ne savait que faire. Et puis un dimanche matin, fatalement, on l'avait retrouvée flottant sur le canal, à une dizaine de kilomètres de *Lou*

Roucas. Son vélo gisait quelque part sur la berge, un vieux vélo démantibulé, sans lumière ni bande réfléchissante. Revenant d'une de ces soirées où elle buvait et dansait jusqu'à l'aube, était-elle tombée toute seule dans l'eau glacée ? Un chauffard avait-il pu la heurter avant de s'enfuir ? Personne n'en saurait jamais rien. Antonin Fabre l'avait enterrée sans pouvoir s'empêcher de la pleurer, si écervelée qu'elle ait pu être, puis il avait élevé seul son petit-fils.

Dans la région, Fanélie connaissait chacun, les Fabre comme les autres. De Grégoire, elle gardait l'image d'un grand jeune homme athlétique et plutôt taciturne, parti un beau jour à la conquête de l'Amérique. Son retour, le décès d'Antonin, la renaissance de *Lou Roucas*, elle en avait entendu parler sans vraiment s'y intéresser. Et quand il était venu frapper à la porte, la veille, elle n'avait pas su à qui elle avait affaire.

Toujours à son poste de sentinelle devant la fenêtre, elle couvait Florent du regard, inquiète de le voir rire aux éclats. Il était si heureux d'avoir enfin son sapin ! Mais qu'allait penser Louise de ce cadeau ?

Posé devant la maison, l'arbre était en train de s'ouvrir, Grégoire ayant coupé les ficelles dès qu'il l'avait déchargé de la voiture. Bien droit grâce à la croix de bois clouée sous son pied, il déployait ses branches fournies, d'un beau vert aux reflets argentés. Malgré ses réticences, Fanélie avait jeté un coup d'œil dans le séjour et décidé qu'il suffirait de déplacer la commode, comme les années précédentes…

À présent, Grégoire faisait de grands gestes, que Florent essayait d'imiter. Le va-et-vient d'une hache ? Embarrassée, la vieille femme hésitait à intervenir. Devait-elle faire rentrer le petit maintenant ? Mais pourquoi lui gâcher son plaisir ? Il avait trop peu souvent l'occasion de parler à des hommes, et après tout, celui-ci était son sauveur.

Pour se donner une contenance sans interrompre sa surveillance, elle prit un torchon propre et commença à frotter les carreaux.

Louise conduisait prudemment sur la nouvelle couche de neige poudreuse qui scintillait au soleil. Dans le coffre de la Polo s'entassaient les cadeaux destinés à Florent, trois bouteilles de champagne, une dinde un peu maigre qu'elle comptait farcir, un foie gras fermier payé les yeux de la tête, et ce ridicule petit sapin de plastique dont elle avait honte. Mais son budget n'était pas extensible, elle bouclait difficilement ses fins de mois, or décembre était vraiment le pire.

Néanmoins, les soucis d'argent ne devaient pas gâcher Noël, elle s'efforcerait de ne pas y penser et de rester gaie. D'autant plus que la chance lui avait souri ce matin, en faisant ses courses, puisqu'elle avait trouvé de superbes chaussons fourrés pour Fanélie, ainsi qu'un drôle de porte-clefs en forme de serpent, le symbole fétiche de Stéphane. En l'achetant, elle s'était souvenue de son premier Noël avec Xavier, alors qu'elle était enceinte de Florent. Un tête-à-tête merveilleusement romantique, les yeux dans les yeux au-dessus des chandelles, des mots d'amour à chaque phrase. À minuit, il lui avait offert un bracelet plein de breloques : trèfle à quatre feuilles, fer à cheval et autres porte-bonheur. Comme elle croyait à leur avenir à ce moment-là ! L'avenir de la famille qu'ils étaient en train de fonder, l'avenir de photographe de Xavier, son avenir à elle, sur scène… Le bracelet s'était rompu pendant les travaux de la maison, expédiant les breloques aux quatre coins de la cuisine où Louise s'escrimait à poser du carrelage. Mais le mauvais présage était devenu superflu, leur couple agonisait déjà.

En tournant dans le chemin, tout doucement pour ne pas glisser, elle eut la désagréable surprise de se retrouver nez à nez avec le Land Rover de Grégoire Fabre. Elle freina, se mit en travers, et ce fut lui qui l'évita en montant sur le bas-côté enneigé. Le cœur battant la chamade, elle baissa sa vitre.

— Monsieur Fabre… Vous m'avez ratée de peu ! Encore en visite chez nous ?

— J'ai apporté un sapin à Florent, expliqua-t-il avec un sourire glacial.

Louise le dévisagea, incrédule, sans rien trouver à répondre. Puis elle coupa le contact, descendit de voiture et alla se planter devant la portière de Grégoire.

— Un sapin ? répéta-t-elle. Je peux savoir pourquoi ?

— Pour lui faire plaisir, pardi !

Le ton dédaigneux qu'il utilisait acheva d'exaspérer Louise. Prenant une profonde inspiration, elle lui lança :

— De quel droit ? Je suis seule juge des plaisirs de mon fils, et vous êtes un étranger !

— Oh, j'étais dans le pays bien avant vous…, persifla-t-il. Mais je ne vous cherche pas querelle, ne vous fâchez pas. J'ai pensé que Florent méritait son sapin, après ce qu'il a vécu l'autre soir sur la colline de Sainte-Croix. C'est un gamin courageux et attachant.

— Je ne tiens pas du tout à ce que vous vous attachiez à lui ! Pour tout vous dire, je trouve votre intérêt un peu… équivoque.

Le mot à peine prononcé, elle le regretta, mais c'était trop tard. Grégoire parut d'abord désemparé, puis son visage se creusa sous l'effet de la colère.

— Je ne suis ni psychopathe ni pédophile, gronda-t-il entre ses dents. Vous avez des idées bien tordues pour l'imaginer ! Joyeux Noël, madame Balleroy.

Il démarra brutalement, ses roues soulevant une gerbe de neige qui recouvrit Louise de la tête aux pieds. Interdite, elle regarda le véhicule s'éloigner. L'incident qu'elle venait de provoquer était disproportionné, stupide, elle allait se retrouver en guerre avec un de ses voisins, et pas n'importe lequel, précisément celui qui avait sauvé Florent. Mais aussi, elle l'avait déjà vu trois fois en trois jours, et l'idée qu'il soit venu chez elle en son absence l'irritait. Était-on jamais assez prudent, assez protecteur avec les enfants ? N'avait-il pas suffi que Fanélie somnole pour que Florent disparaisse ? Pas question de se fier à un inconnu. Oui, *inconnu*, c'était ce qu'elle aurait dû dire, tout à l'heure, au lieu d'*étranger*. D'accord, Grégoire Fabre habitait la région depuis longtemps – il semblait même y avoir eu des générations de Fabre, d'après Fanélie –, mais qu'est-ce que ça prouvait ? Il n'était pas forcément un honnête homme et, en tout cas, il n'avait pas à rechercher l'amitié d'un petit garçon de dix ans. Avant-hier, chez lui, au lieu de lui serrer la main à elle, n'avait-il pas préféré caresser les cheveux de Florent ?

Haussant les épaules, elle secoua la neige de son manteau et remonta dans sa voiture. Qu'allait-elle décider à propos de ce foutu sapin devant lequel Florent devait être en train de s'extasier ?

Parvenue au bout du chemin, elle découvrit l'arbre, dressé près de la porte. Évidemment, comparé à l'abominable petit truc de plastique qu'elle rapportait…

— Maman ! Maman !

Courant comme un beau diable, Florent se précipita vers la Polo.

— Tu as vu le sapin ? C'est Grégoire qui l'a apporté, exprès pour moi ! Il est beau, non ? On pourra le décorer aujourd'hui, dis ?

Louise parvint à sourire, mais pas à répondre. Comment refuser ce cadeau, comment expliquer qu'elle n'en voulait pas, qu'elle préférerait le brûler dans la cheminée plutôt que le voir trôner au milieu du séjour ? La manière exaspérante dont son fils venait de prononcer « Grégoire » et « exprès pour moi » ne laissait aucun doute : il était fou de joie. Et qu'avait-elle d'autre à lui offrir ? Xavier n'avait envoyé ni carte de vœux ni présent, oubliant une fois encore son devoir de père.

— Tu crois qu'on aura assez de guirlandes ?

En posant la question, une ombre d'inquiétude passa dans les grands yeux sombres du petit garçon. Pressentait-il un refus de sa mère ou s'inquiétait-il vraiment des décorations ?

— Écoute, Florent, je…

Le bruit de la porte l'interrompit. Fanélie venait de sortir à son tour mais elle resta sur le seuil, apparemment décidée à ne pas patauger dans la neige.

— Maintenant que tu es là, Louise, on va pouvoir le rentrer !

Malgré la distance qui les séparait, les deux femmes échangèrent un regard aigu. Pour Fanélie, faire plaisir à Florent passait sans doute avant toute autre considération.

— Aide-moi à décharger les courses, mon prince, demanda la jeune femme d'un ton crispé.

Mais elle avait déjà cédé, elle le comprit en abandonnant l'ersatz de sapin en plastique au fond de son coffre.

Grégoire ne décolérait pas. Pour se calmer, il partit dans les collines avec ses chiens, grimpa jusqu'au cabanon d'un de ses bergers avec qui il fuma une cigarette, puis redescendit voir si ses oliviers supportaient le froid.

« Équivoque »... Ah, l'abominable accusation ! Équivoque, lui ? Avec les enfants ? Ben voyons ! L'avait-elle dit par méchanceté, pour le blesser, ou s'était-elle vraiment imaginé qu'il louchait sur le petit Florent ? L'idée le révoltait, lui donnait la nausée.

— *Li chin !* cria-t-il pour rappeler ses chiens qui couraient comme des fous.

Le provençal, avec ses accents chantants, avait le don de l'apaiser. De temps en temps, il récitait à haute voix l'une des romances de Mistral ou le début d'un conte de Roumanille pour ne rien oublier de cette langue que son grand-père lui avait apprise patiemment.

— *Amas-ié plan...*, ordonna-t-il aux deux bouviers revenus à ses pieds, hors d'haleine.

Il avait trop marché, trop vite, à présent il était fatigué et sa rage se diluait. Le sapin, il l'avait pris au marché de Salon, un beau Nordmann qui ne perdrait pas ses aiguilles avant deux ou trois semaines. De quoi oublier le mélèze sur lequel Florent s'était acharné en vain, jusqu'à s'entailler la main. Ce matin, le petit garçon lui avait raconté spontanément sa maladresse avec la hache, et sa peur panique de tout ce sang qui s'était mis à couler en tachant la neige. Pris de vertige, il avait dû s'asseoir, mettant sa main blessée à l'abri, dans sa poche. Un peu plus tard, il avait crié à plusieurs reprises, sans autre réponse qu'un silence oppressant. Il avait voulu se relever, parce que la nuit tombait, mais une horrible torpeur l'en avait empêché. Luttant contre le sommeil, sa dernière idée avait été d'allumer sa lampe torche. Au bout d'un moment, la lumière s'était mise à clignoter, puis à jaunir avant de s'éteindre.

Pauvre gamin ! En décrivant ses terreurs, il les revivait, les yeux écarquillés, et les mots se bousculaient dans sa gorge. Sans doute n'avait-il donné ces détails à personne d'autre, pour ne pas grossir encore l'incident. Grégoire lui avait posé la main sur l'épaule, en promettant solennellement qu'il lui apprendrait à abattre un arbre. À présent, bien sûr, il n'en était plus question !

De retour chez lui, Grégoire décida d'ignorer toute cette stupide histoire. Louise Balleroy pouvait bien se comporter en mégère, au moins le petit garçon avait-il son sapin de Noël. Affaire classée.

Il alluma une flambée, alla se confectionner un énorme sandwich avec des tranches de pain de seigle, un pot de tapenade et du saucisson de taureau, puis revint devant la cheminée pour le manger. Bon, la crèche était terminée, les couronnes de houx accrochées aux portes, et des flambeaux rouges plantés dans les hauts chandeliers. Restait juste à peaufiner la mise de table pour le lendemain. Marc avait annoncé un convive de dernière minute, sa sœur, qui venait de se séparer de son énième petit ami et redevenait ainsi un cœur à prendre. À cette idée, Grégoire esquissa un sourire. Marc avait *toujours* voulu lui mettre sa sœur dans les bras, et ce depuis leur adolescence. Malheureusement, Mireille avait beau être une femme superbe, elle était aussi trop bavarde, trop futile, trop inconstante. Mariée deux fois, deux fois divorcée, mère d'une grande fille déjà montée à Paris pour ses études, et bon nombre d'amants de passage à qui elle avait toujours quelque chose à reprocher.

La dernière bouchée avalée, Grégoire retourna à la cuisine où il prépara du café. S'il sortait la vieille argenterie gravée aux initiales d'Antonin Fabre, il lui faudrait au moins une heure pour l'astiquer, mais c'était Noël, l'occasion ou jamais de l'utiliser, ce qu'il finissait par faire en pestant chaque année.

Il étala un vieux journal sur la table et se mit au travail. Ce genre de tâche lui faisait immanquablement penser à son grand-père, qui mettait en toute chose une application de paysan. Grâce à lui, Grégoire avait appris la persévérance, la patience, le goût du travail bien fait. Lorsqu'il était parti vivre en Amérique, il avait été surpris par la mentalité fébrile qui régnait là-bas, chacun voulant tout et tout de suite. Comme si c'était possible ! En rentrant chez lui, il avait retrouvé avec plaisir le sens et la durée des choses.

Son chiffon couvert de blanc d'Espagne allait et venait sur les manches des fourchettes tandis qu'il songeait à ces quelques années de mariage, vécues sans enthousiasme. Seule la naissance de Liz justifiait ce temps perdu, mis entre parenthèses. Jane s'était révélée une bonne mère, attentive au bébé et très heureuse de l'implication de Grégoire dans son rôle de père, cependant elle avait fermement décidé qu'elle ne subirait pas une deuxième grossesse. Elle luttait pour retrouver sa silhouette de jeune fille, à grand renfort de régimes et de jogging. Passant d'une méthode à l'autre, elle cultivait son corps, mais rarement son esprit, regardant de débilitantes séries télévisées.

« Ne sois pas injuste, tu l'as aimée… »

Ou plutôt désirée. Tout comme il avait désiré changer d'existence en abordant le Nouveau Monde. Il se sentait dévoré de curiosité, avide d'apprendre, prêt à entreprendre. Hélas, avoir épousé une fille à papa faisait de lui une sorte de prince consort inutile, et toutes ses tentatives pour s'émanciper de sa pesante belle-famille se heurtaient aux moues dubitatives de Jane. Ne pouvait-il pas se satisfaire d'être le *gendre français* ? De préparer une sauce *provençale* pour les grillades du barbecue, le dimanche ? Ils menaient une vie de rêve, mais ce rêve n'était pas celui de Grégoire, vraiment pas. Au bout d'un moment, son beau-père avait fini par deviner son malaise et s'était décidé à lui donner du travail. Néanmoins l'agro-alimentaire, à l'échelon industriel, n'avait rien d'exaltant.

« Comment ai-je pu supporter ça, et pourquoi ? »

Par orgueil, par facilité ? Pour éviter le constat d'échec ? Pour ne pas perdre Liz ? La fillette le comblait, il la regardait grandir avec amour, avec fierté, mais aussi avec angoisse car il commençait à comprendre que son mariage ne tiendrait pas.

Au bout du compte, il avait perdu Liz de la manière la moins prévisible, et ce deuil l'avait ravagé.

« N'y pense pas, pas maintenant. »

Non, surtout pas à la veille de Noël. Oublier les Noëls américains avec les jouets dernier cri entassés, trop nombreux, sous le sapin, oublier les yeux émerveillés de sa fille. Ne se souvenir que des veillées d'antan, du regard inquiet d'Antonin Fabre quand Grégoire, enfant, déballait son cadeau. La première carabine à plomb, le premier couteau suisse, la première canne à pêche. Les présents réfléchis d'un grand-père à son petit-fils. Un vieil homme assez digne pour n'avoir jamais proféré un seul mot contre la mère de Grégoire. « Ta pauvre mère », disait-il sans reproche et sans mépris, avec une sorte de compassion douloureuse pour celle qu'il n'avait pas su protéger du mal. Mais aussi, veuf trop tôt, quelle terrible responsabilité pour lui que d'élever d'abord une fille, puis le petit garçon qu'elle avait laissé derrière elle en se noyant. À toutes les questions de Grégoire, il avait toujours répondu honnêtement, sans rien dissimuler.

« Ta pauvre mère était un *esperit-fantasti*… » Esprit fantasque, ou fantastique, ou fantaisiste ? D'après les commères, une folle.

— Et merde ! explosa Grégoire.

D'idée noire en idée noire, il allait se gâcher Noël.

— Pourtant, j'aurais bien aimé montrer ma crèche à ce petit Florent, mais lui aussi il a une mère un peu braque, ça nous fait un point commun…

L'argenterie étincelait, tandis qu'au-dehors le jour commençait à baisser. Encore de la neige en perspective ?

Louise referma doucement la porte de la chambre puis descendit l'escalier sur la pointe des pieds.

— Il dort comme un ange ! annonça-t-elle à Fanélie.

Elles firent la vaisselle, l'une lavant et l'autre essuyant, ensuite elles préparèrent un pot d'infusion. Avec la nouvelle averse de neige, les routes étaient redevenues mauvaises, ce qui empêchait Fanélie de rentrer chez elle.

— Tu es sûre que ça ne t'ennuie pas de rester ? s'inquiéta Louise.

— Tu sais bien que non.

Comme elle dormait là chaque fois que Louise jouait au théâtre le soir, elle avait fini par arranger à son idée la petite pièce qui servait de chambre d'amis. Pour habiller le vieux fauteuil club au cuir déchiré dont Xavier avait longtemps refusé de se séparer, elle avait d'abord tricoté un plaid à carreaux jaunes et rouges, puis elle s'était cousu des rideaux dans un tissu provençal dont elle avait également recouvert la tête du lit. L'ensemble était gai, pimpant, elle s'y plaisait au point de ne plus avoir très envie de rentrer dans son petit pavillon, situé à l'entrée de Mouriès, un village proche.

Du moins le prétendait-elle, sans que personne soit dupe, car en réalité elle s'était terriblement attachée à Florent. Un gamin craquant, au caractère heureux et au visage d'ange, qui l'avait séduite dès le premier regard.

— Que deviendrais-je sans toi ? soupira Louise en lui tendant une tasse fumante.

— Tu te débrouillerais. Tu n'es pas du genre à rester les deux pieds dans le même sabot.

— Peut-être, mais il y a Florent.

Fanélie ne répondit pas. L'escapade du gamin aurait pu lui être reprochée, cependant Louise, magnanime, n'avait rien dit.

— Tu sais, je m'en veux beaucoup, marmonna-t-elle pour crever l'abcès.

— Tu n'y es pour rien, Florent avait son idée bien ancrée, et il est têtu. Tout ça pour un foutu sapin !

Ensemble, elles jetèrent un coup d'œil à l'arbre qui trônait, couvert de boules et de guirlandes irisées. Les mêmes depuis des années, celles que Xavier avait achetées pour le premier Noël de Florent.

— Il est beau, hein ? s'extasia Fanélie. Je sais que tu ne l'aimes pas, ni lui ni le bonhomme qui nous l'a offert, mais tu as tort. D'ailleurs, il ne faut jamais se mettre mal avec ses voisins.

— Je ne savais même pas que ce type existait, et d'un seul coup, il a envahi mon existence !

— Au lieu de ronchonner, pense à ton petit, tout seul là-haut, qui devait crever de peur, et remercie le bon Dieu d'avoir mis Fabre sur ce chemin.

— Oui, c'est vrai… Et je n'aurais pas dû me montrer désagréable, d'accord.

Sa mauvaise foi fit sourire Fanélie qui secoua la tête, indulgente. Dès le début, elle avait éprouvé de la sympathie pour Louise, ensuite de l'admiration, enfin de la tendresse. Chaque jour, elle se félicitait d'avoir accepté l'offre de Xavier qu'elle avait rencontré sur le marché. Il cherchait quelqu'un pour garder Florent de temps à autre et, connaissant Fanélie de vue, il s'était arrêté pour lui parler. Par principe, il aurait souhaité une jeune fille ou une jeune femme, de préférence motorisée, bref, le contraire de Fanélie, pourtant ils étaient tombés d'accord en cinq minutes. Trouver une personne de confiance n'était pas si simple et une dame âgée pouvait tout aussi bien convenir. Fanélie venait à vélo, lisait des histoires à Florent, tricotait des écharpes, préparait de succulents gâteaux. Très vite, elle était devenue indispensable, surtout au milieu des querelles qui déchiraient le couple. Le matin où Xavier avait fait ses valises, Louise l'avait appelée, en larmes, et Fanélie était accourue. Depuis, elle ne comptait plus ses heures, elle faisait partie de la famille.

— Nous jouons encore le 26 et le 27, ensuite j'aurai une semaine de repos avant les répétitions, annonça Louise. J'en profiterais bien pour repeindre la cuisine. Il reste trois pots de laque jaune dans le cabanon, ça devrait suffire.

— Eh bien comme ça, on fera la dînette tous les jours devant le sapin, le pitchoun sera ravi ! répliqua Fanélie.

Louise la dévisagea, avant d'éclater de rire.

— Allez, je retourne faire chauffer de l'eau, je boirais bien une autre tasse, dit-elle en se levant.

Dans la cuisine, elle mit la bouilloire en route, absorbée par son idée de peinture. Le jaune égaierait la pièce, elle pourrait même réchampir de blanc ou de bleu les moulures et les fenêtres. Ils en avaient longuement discuté avec Xavier deux ans plus tôt, mais le chantier était resté en plan depuis son départ. Toute seule, Louise n'avançait pas vite, pourtant elle ne désespérait pas d'arriver un jour à bout des travaux. Elle avait déjà repeint la salle de bains, la chambre de Florent et la sienne, elle pouvait profiter de l'hiver pour s'attaquer au rez-de-chaussée. Sauf que les fournitures coûtaient très cher et que son compte était à découvert.

Réprimant un frisson, elle jeta un coup d'œil au thermomètre. Il faisait à peine dix-sept, mais sur le chauffage aussi elle devait se montrer économe.

— Il n'a rien envoyé ? demanda Fanélie derrière elle.

Sur ses vieux chaussons de feutre, Louise ne l'avait pas entendue approcher.

— Non, rien, répondit-elle d'une voix dure. Ni lettre, ni cadeau. Peut-être l'appellera-t-il demain, ou le jour de Noël, mais je n'y crois pas. Je ne sais même pas s'il est en France ou à l'autre bout du monde !

Fanélie ouvrit un placard et prit une boîte de pâtes de coings tout en maugréant :

— Je n'aurais jamais imaginé ça de lui… Tout de même, c'est un beau salaud, passe-moi l'expression ! Il a dû rencontrer une poule, ma parole ?

Peut-être Xavier était-il effectivement tombé amoureux – Louise était bien placée pour connaître la rapidité de ses engouements –, mais ça ne justifiait pas son silence. Même s'il s'était lassé de sa femme à force de querelles, même s'il la détestait aujourd'hui, comment pouvait-il ignorer son fils ? Un enfant avec qui il avait vécu des années, le petit garçon le plus mignon qui soit.

— Le jour où il est parti, il m'a dit qu'il ne voulait pas « s'encombrer d'un mioche », avoua-t-elle tout bas.

Cette phrase-là, elle ne l'avait pas répétée à Fanélie pour ne pas discréditer Xavier, mais à présent, qu'importait ? Oui, il avait osé prononcer des mots pareils, avec plus de dédain que de colère, ce qui les rendait plus abominables encore. Par bonheur, Florent ne les avait pas entendus, sinon il aurait pleuré toutes les larmes de son corps, lui qui adorait son père.

— Quelle misère ! cracha Fanélie.

Sa boîte de pâtes de coings à la main, elle parut réfléchir, le front plissé, comme si elle cherchait quelque chose dans sa mémoire.

— S'encombrer..., répéta-t-elle d'un air pensif.

— Allez, viens, soupira Louise, il fait meilleur dans le séjour, on peut remettre une bûche et regarder la télé si tu veux.

À quoi bon s'attrister à la veille de Noël ? Florent était entouré d'amour, c'était le principal, et demain il serait heureux en déballant ses cadeaux au pied de ce sapin tant désiré. S'il se souciait de son père, elle inventerait un mensonge, prétendrait qu'il était au fond de la brousse sans moyen de communication. N'importe quoi pourvu que Florent ne se sente pas rejeté.

Mercredi 24 décembre

Des lignes ayant cédé sous le poids de la neige, un certain nombre de maisons s'étaient retrouvées privées d'électricité durant plusieurs heures. Le courant fut rétabli en fin d'après-midi, au grand désespoir de Florent, tandis que Fanélie, très soulagée, pouvait enfin remettre la chaudière en route.

— C'est pas Dieu possible, il pleut toujours sur les plus mouillés ! avait-elle ronchonné depuis le matin, signifiant par là que les soucis étaient assez nombreux pour ne pas y ajouter une panne de chauffage et de lumière un soir de Noël.

Louise avait entretenu un grand feu dans la cheminée afin que la maison ne se refroidisse pas trop, tandis que Florent, aux anges, charriait tout un stock de bûches.

— Je me demande parfois si on ne serait pas mieux dans un appartement, mon poussin…

— Oh, non, maman ! Non.

Sourcils froncés, Florent la regardait avec une telle inquiétude qu'elle lui adressa un sourire rassurant.

— Tu préfères vivre dans cette maison perdue ?

— C'est chez nous.

Il n'avait aucune envie d'habiter en ville, d'être enfermé entre quatre murs, de ne plus pouvoir entrer ou sortir à sa guise. Avec son vélo l'été, sa luge l'hiver et les collines pour terrain de jeux, jamais il ne s'ennuyait, du moins l'affirma-t-il avec véhémence.

Pas vraiment convaincue, Louise espéra que Florent ne s'accrochait pas à cet endroit uniquement dans l'espoir de voir revenir son père un beau matin. Quel genre d'illusions nourrissait-il encore au sujet de Xavier, et devait-elle les lui enlever ?

— La dinde est farcie, je n'aurai plus qu'à l'enfourner ! annonça triomphalement Fanélie.

Elle ôta son tablier, découvrant une robe de lainage noir toute simple, égayée par un camée agrafé au col.

— Te voilà bien élégante, apprécia Louise.

— C'est Noël, se borna à répondre la vieille femme. Et puisqu'on a du monde, pour une fois…

Obstinément, elle exhortait Louise à sortir, à voir des gens, à recevoir. « Tu es bien trop jolie pour rester seule, les hommes ne manquent pas ! » Mais Louise ne s'y intéressait pas, encore meurtrie par la manière dont Xavier l'avait quittée.

Néanmoins, cédant à l'insistance de Fanélie, soutenue par Florent, elle monta se changer. Si séduire Stéphane n'entrait pas dans ses intentions, elle refusait de se laisser aller. Après avoir choisi une jupe de satin prune et un pull blanc semé de fils d'argent, elle prit le temps de se faire un savant chignon puis de se maquiller. La glace lui renvoyait l'image d'une jeune femme aux grands yeux en amande soulignés de longs cils, avec une bouche sensuelle, une nuque délicate, un teint parfait. Assez belle pour plaire, oui, mais elle en avait perdu l'envie.

— Eh bien, force-toi ! lança-t-elle au miroir.

Le conseil de Fanélie était frappé au coin du bon sens, il était grand temps de réagir. Lorsqu'elle descendit,

Stéphane venait d'arriver et il disposait ses paquets au pied du sapin. Il salua la tenue de Louise d'un sifflement admiratif avant de lui chuchoter à l'oreille :

— Je crois que Florent sera content, je n'ai pas pu résister !

— À quoi ?

— Écoute, il était le seul de sa classe à ne pas en avoir, le pauvre bout de chou… S'il l'avait eu dans sa poche dimanche dernier, tu te serais épargné bien du souci ! Et puis, celui-ci fait aussi appareil photo, avec plein de jeux en prime.

Malgré elle, le sourire de Louise se figea, alors que la gentillesse de Stéphane n'était pas à mettre en doute. Florent aurait donc son téléphone portable avant l'heure, ce qui allait forcément le transporter de joie. Mais ne risquait-il pas d'en déduire que *tous* les interdits de sa mère – pas de sapin cette année, pas de portable avant ses dix ans – pouvaient être transgressés sans problème par tout un chacun ? De quel droit Stéphane ou Grégoire Fabre intervenaient-ils dans l'éducation de son fils ? Ne pas voir tous ses rêves exaucés dans l'instant faisait partie des leçons que Florent devrait apprendre un jour ou l'autre. Sauf que le soir de Noël était le plus mauvais moment pour ça, bien entendu.

— Une coupe de champagne ? proposa-t-elle en posant sa main sur l'épaule de Stéphane.

Elle ne gâcherait pas le réveillon pour des histoires de prérogatives maternelles et, après tout, les bonnes résolutions pouvaient attendre le 1er janvier.

Alors qu'elle se dirigeait vers la cuisine, elle sentit que Stéphane retenait sa main.

— Tu es vraiment très belle, dit-il d'une drôle de voix. Est-ce qu'au moins tu le sais ?

Embarrassée, elle évita son regard, mais il ajouta très vite :

— Je ne te drague pas, chérie, je me demande seulement pourquoi tu es seule, pourquoi tu t'enterres ici, entre une adorable vieille dame et un petit garçon de dix ans. Ce n'est pas le meilleur moyen pour refaire ta vie, ni pour consolider ta carrière. Tu as quel âge ? Trente-trois ? Vends cette maison et va habiter Montpellier ou, plus intéressant, file à Paris. Tu as du talent, tu as un physique, qu'est-ce que tu attends ? Que ton fils soit grand et qu'il s'en aille ? Tu veux mourir là sans avoir rien accompli ?

Sa diatribe fit à Louise l'effet d'une douche froide.

— Stéphane, souffla-t-elle, quelque chose ne va pas ?

L'espace d'un instant, elle crut qu'il allait craquer, mais il se reprit tout de suite, esquissant un sourire désolé.

— Pardon. Il fallait que je te le dise parce que je le pense depuis trop longtemps. Tu connais le métier comme moi, on se perdra de vue un de ces jours, alors autant être sincère, même si ça blesse un peu au passage. Je t'aime… beaucoup, Louise.

— Tout le monde l'aime, elle le mérite ! claironna Fanélie qui arrivait avec un plateau chargé de toasts à la crème d'anchois et d'olives farcies aux poivrons.

Stéphane partit chercher le champagne tandis que Louise gagnait le pied de l'escalier pour appeler Florent. Elle eut la surprise de le découvrir assis sur les marches, le menton dans les mains.

— Eh bien, mon lapin, tu ne viens pas avec nous ?

— Si, si…

Avait-il entendu quelque chose de leur conversation ? Était-il resté là pour ne pas interrompre leur tête-à-tête ?

Encore une fois, elle se demanda si son petit garçon serait contrarié par la présence d'un homme, ou au contraire soulagé. Elle devait absolument arriver à en parler avec lui, à savoir comment il supportait l'absence et le silence de son père.

— Je pourrai y goûter, au champagne ?

— Une gorgée dans mon verre. Après, tu auras le droit de boire tout le Coca que tu veux, c'est un soir de fête !

Sautant sur ses pieds, il dévala les dernières marches. Sa ressemblance avec Xavier devenait plus frappante de mois en mois. Même air angélique, mêmes cheveux blond pâle, même petit nez droit. Mais il avait les grands yeux bruns de sa mère, pas le regard d'azur de son père. N'importe quel homme aurait été terriblement fier de lui car il n'était pas uniquement mignon, c'était surtout un enfant éveillé, réfléchi, affectueux. Louise remarqua qu'il avait mis un polo blanc, sous son pull, et un jean de velours propre.

— Tu es très beau comme ça, tu me fais honneur.

D'un élan spontané, il se jeta contre elle et l'entoura de ses bras, la faisant fondre de tendresse.

En tant qu'homme le plus âgé de l'assemblée, le père de Marc fut chargé du *cacho-fio*, l'allumage de la bûche de Noël qui trônait dans la cheminée.

— Celle-là devrait durer jusqu'à demain matin ! dit-il en riant. Où as-tu dégotté une souche pareille, Grégoire ?

— Je la tenais en réserve depuis la tempête de 1999, mais il fallait qu'elle sèche. J'en ai encore deux autres du même acabit parce que, cette année-là, il y a eu pas mal d'oliviers déracinés. J'imagine que tout le monde s'en souvient.

Vincent gratta une allumette, mais Grégoire se précipita vers lui pour l'éteindre.

— Ah non, d'abord les paroles rituelles !

— Je ne sais pas les dire en patois.

— Ce n'est pas du patois, c'est du provençal.

— Lequel des quatre ? persifla Vincent. Le rhodanien, le maritime, le nissart ou le gavot ?

— Le rhodanien, celui de Mistral. Le félibrige.

Ils avaient l'habitude d'en débattre ensemble depuis bien longtemps. À l'époque où Marc avait élu Grégoire comme meilleur ami, Vincent avait eu un peu de mal à l'accepter. Médecin lui-même, destinant son fils à la médecine, il ne voyait pas d'un très bon œil la famille Fabre, tenant le grand-père pour un paysan entêté, et la mère pour une folle. Mais, au fil des années, il avait appris à apprécier Grégoire, puis à l'estimer.

— Tu es toujours aussi à cheval sur les traditions, soupira Vincent. Bon, à toi de traduire : « L'an prochain, si nous ne sommes pas plus, que nous ne soyons pas moins. »

— *Que l'an qué vènse sian pas mai, que siaguen pas mens.*

Grégoire versa une goutte de vin sur la bûche et rendit la boîte d'allumettes à Vincent.

— Vous êtes irrésistibles ! leur lança Marc.

— Oui, leur numéro est très au point, renchérit Mireille, ils nous le font à chaque réveillon.

Elle portait une robe tellement décolletée qu'en la voyant Grégoire était allé monter le chauffage.

— As-tu mis trois nappes ? lui demanda-t-elle avec un geste en direction de la table.

— Bien sûr. Et trois chandeliers, et trois soucoupes

de blé, comme tu vois. En revanche, il n'y aura pas sept plats, ton frère a été trop paresseux en cuisine, mais j'ai pensé aux treize desserts, gardez-vous un peu d'appétit pour la fin !

— Paresseux ? s'insurgea Marc. Tu veux rire ou quoi ? Toi, tu t'es contenté de pousser la porte d'une pâtisserie ou d'une confiserie pendant que je m'échinais derrière tes fourneaux !

— T'échiner est excessif, tu n'as eu que le mal de jeter les homards dans l'eau bouillante.

— Et le chapon ?

— Il cuit tout seul, non ?

Mimant la colère, Marc saisit Grégoire par sa cravate.

— Pour une fois que j'en mets une… Tiens, tu l'as toute froissée, je l'enlève.

— Oh, non, susurra Mireille, tu es trop beau avec.

— Est-ce que vous comptez aller à la messe de minuit ? intervint la mère de Marc.

— Pour que ta fille attrape une pneumonie ? grommela Vincent. Vois comme elle est habillée ! Tes bergers y vont, Grégoire ?

— Oui, évidemment. On les attendra pour passer à table.

— Eh bien, ça nous laisse le temps de boire !

— Je fais la jeune fille de la maison, décida Mireille en prenant la bouteille de champagne dans le seau.

Elle servit tous les invités, dont Brigitte et Olivier, de vieux amis de Grégoire qui étaient viticulteurs près de Tarascon.

— Tiens, on va porter un toast à la mémoire de ton grand-père, proposa Vincent. C'est de lui que tu tiens ton sens si pointilleux des coutumes, n'est-ce pas ? Un homme très bien, Antonin, très courageux, un vrai paysan de Provence comme on n'en fait plus.

— Ne réécrivez donc pas l'histoire, répliqua Grégoire, si ma mémoire est bonne, vous ne l'aimiez pas du tout !

Un silence gêné tomba sur l'assistance, jusqu'à ce que Marc déclare :

— Viens avec moi, Greg, j'ai besoin d'aide en cuisine.

Il l'entraîna hors du séjour, sous les yeux navrés de Mireille.

— Pourquoi te chamailler avec papa ? Tu le connais, il faut toujours qu'il enjolive…

— Je sais. Mais la façon dont il dit « paysan » me fait sortir de mes gonds. Il prenait mon grand-père pour un arriéré mental, alors la considération posthume, merci bien !

— Tu es injuste. Il avait fini par le respecter, grâce à toi.

— Pas au point de l'aider, en tout cas. Quand j'étais en Amérique, personne ne s'est soucié de lui.

— C'est faux ! s'indigna Marc en haussant le ton. Je lui téléphonais, je passais le voir de temps en temps, et il affirmait toujours qu'il allait très bien. Tu crois vraiment qu'il nous aurait confié ses problèmes, à moi ou à mon père ? Il se serait pendu à un arbre plutôt que d'avouer qu'il avait des dettes. Et ne me dis pas que j'aurais pu deviner, parce qu'à vingt ans j'étais exactement comme toi, égoïste et aveugle !

Désemparé, Grégoire leva la main en signe de paix.

— D'accord…

Pourquoi faisait-il à Marc les reproches qu'il s'était si longtemps adressés à lui-même ? Adolescent, il s'était vite rendu compte des réticences des parents de Marc vis-à-vis d'Antonin et de lui. Avait-il souffert de leur mépris davantage qu'il ne le croyait ? Ce n'était pas une raison suffisante pour les prendre comme boucs émissaires, car c'était bien lui et personne d'autre qui avait abandonné son grand-père à son sort. Partant à la conquête de l'Amérique, s'était-il imaginé qu'il allait ainsi redorer le blason des Fabre ? Qu'avait-il voulu prouver en épousant Jane ? Qu'il n'était pas qu'un paysan ? Défi ô combien stupide puisque, au bout du compte, seule la terre le rendait heureux.

— Alors, ces desserts, tu en as vraiment treize ? demanda Marc d'une voix moqueuse.

— Navettes, fougasse, nougat de Sault, énuméra Grégoire en comptant sur ses doigts, papalines, fruits confits d'Apt, figues sèches, noix, noisettes, raisins, amandes, pompes au sucre, calissons et pâtes de fruits !

— Bravo… On va voir si mon chapon rivalise, aide-moi à le sortir que je vérifie la cuisson.

Une fois l'énorme plat en fonte hors du four, Marc examina la volaille dorée d'un œil critique, puis piqua la peau avec la pointe d'un couteau.

— Encore une petite heure, à condition de baisser le thermostat.

Il remit le chapon dans le four avant de se tourner vers Grégoire qui sortait une bouteille de champagne du réfrigérateur.

— Comment trouves-tu Mireille, ce soir ?

— Très en forme et très décolletée !

— Je crois qu'elle a un faible pour toi.

— Eh bien, je suis flatté. Seulement… Oh, Marc, tu sais que j'adore ta sœur, mais elle n'est pas mon type de femme.

— C'est quoi, ton type ?

Incapable de répondre à la question, Grégoire eut un geste évasif. Il n'existait que peu de similitudes entre Jane et les autres filles dont il avait pu être amoureux.

Les blondes ou les brunes le séduisaient tout autant, mais, décidément, Mireille le laissait indifférent.

— Ne cherche pas à me caser, la solitude me convient très bien, affirma-t-il en riant.

— Tu as bien de la chance, soupira Marc. Moi, je ne peux pas en dire autant.

Sa sincérité émut Grégoire. Vouloir une femme et des enfants était un désir légitime que Marc ne parvenait pas à combler, faute de rencontres. Trop pris par ses malades, trop dragueur dans son attitude, et trop idéaliste au fond de sa tête.

— Une nouvelle année arrive, je suis sûr que ce sera celle de ton mariage ! lui lança-t-il.

— Si seulement…

— Allez, viens, je retourne asticoter ton père.

— Grégoire ?

Sur le point de sortir, il se retourna vers Marc qui le considérait d'un air grave.

— Il ne t'a jamais méprisé. Ou alors, quand nous étions au collège ! Et encore. Dès le lycée, il me disait de prendre modèle sur toi parce que tu obtenais de bonnes notes. Tu nous as beaucoup manqué pendant tes années en Amérique, il n'arrêtait pas de me demander ce que tu devenais, là-bas. Si nous avions su, pour Antonin, nous aurions fait le nécessaire, crois-moi.

— Je te crois, Marc. Tu n'es responsable de rien.

— Toi non plus. Ni de la faillite de ton grand-père ni de la mort de ta femme et de ta fille. Tu n'étais pas au bon endroit au bon moment, c'est tout.

Ils échangèrent un long regard, se jaugeant l'un l'autre, puis Grégoire hocha lentement la tête.

— Mais qu'est-ce que vous fabriquez ? s'exclama Mireille, sur le pas de la porte. Vous mangez sans nous ou quoi ?

— Pas un soir de Noël, ma belle !

Ce dernier mot la fit sourire de plaisir et, pour se donner une contenance, elle s'empara de la bouteille que tenait Grégoire.

— Je n'ai pas encore trinqué avec toi, lui dit-elle d'un ton charmeur.

Au lieu de lui rendre son sourire, il choisit de lui donner une petite tape amicale sur l'épaule, un geste sans la moindre équivoque.

— Je ne suis pas un copain de régiment ! protesta-t-elle, vexée.

— Tu es comme ma petite sœur, c'est pareil.

Soulagé d'avoir mis les choses au point, il la poussa hors de la cuisine.

— Avant d'aller te saouler, demanda Marc, explique à tes chiens que ces bonnes odeurs de chapon ne les concernent pas.

Les deux bouviers étaient sagement assis devant la porte du four, comme s'ils regardaient la télévision.

— Ma parole, ils se croient au pays de *Pamparigouste* !

Ils rirent ensemble, soudain heureux à l'idée de la soirée qui les attendait. Des exclamations joyeuses leur parvenaient du séjour, ils commençaient à avoir faim, et les bergers ne tarderaient plus à les rejoindre pour cette longue veillée de Noël, avec plein d'anciennes histoires de transhumance à raconter. Grégoire alla chercher deux gros os de bœuf offerts par son boucher et les donna à ses chiens, leur enjoignant de regagner leurs couvertures, dans la buanderie. Pour l'instant, il ne voulait penser qu'au plaisir d'être entouré de ses amis, bien au chaud dans son mas de *Lou Roucas* qu'il aimait tant. Peut-être aurait-il dû assister à la messe, lui aussi, mais il était plus ou moins fâché avec la religion depuis la mort de sa fille. Perdre un enfant représentait à ses yeux la pire des injustices, le plus insupportable des châtiments. Et de quoi avait-il été puni ? Quel mal avait-il fait, hormis pécher par vanité et par ignorance en croyant trouver le bonheur loin d'ici ?

« Tu n'aimais pas vraiment Jane, tu ne sais pas aimer. »

Mais il avait adoré Liz. Bien sûr qu'il était capable d'amour ! Il entendit la porte d'entrée, puis la voix aiguë de Mireille saluant l'arrivée des bergers qui revenaient enfin du *pastrage*. Noël était une fête, la plus belle de l'année, il fallait en profiter.

Vendredi 26 décembre

Rageusement, Louise tourna encore une fois la clef de contact sans obtenir le moindre hoquet du moteur. Non, ah non, sa vieille Polo ne pouvait pas lui faire défaut maintenant, pas aujourd'hui, ce n'était pas pensable ! D'autant moins que la neige avait fondu et que la température s'était radoucie. Alors pourquoi cette foutue voiture refusait-elle de démarrer ?

Louise sortit, ouvrit son capot et considéra le moteur d'un œil circonspect. Bon, elle n'y connaissait rien, inutile de se leurrer, mieux valait appeler du secours. Mais qui ? Un garage ? De toute façon, elle n'avait pas le temps, d'ici à une heure elle devait être dans sa loge en train de se maquiller, sinon le rideau ne se lèverait pas sur l'avant-dernière représentation du *Cid* et le directeur du théâtre ne le lui pardonnerait jamais ! Il n'y avait aucune doublure de prévue, pas de solution de remplacement des acteurs, il *fallait* qu'elle y soit.

— Je vais faire venir un taxi d'Arles, ou plutôt de Salon, ça ira plus vite…

Claquant la portière, elle regagna la maison et se précipita sur l'annuaire. Dix minutes plus tard, à bout de patience, elle n'avait toujours aucune réponse, les lignes sonnant dans le vide.

— Où sont-ils, bon sang ? Ils font tous grève ?

Interrompue en pleine préparation d'un gâteau, Fanélie la regardait avec angoisse, incapable de l'aider.

— L'heure tourne, merde ! explosa Louise.

Pourquoi n'avait-elle rien prévu pour ce genre de circonstance ? Une panne de voiture était toujours possible, elle aurait dû y penser depuis longtemps. Bien sûr, elle faisait l'effort d'entretenir sa Polo, s'arrêtant régulièrement dans une de ces stations techniques où l'on pouvait effectuer une vidange ou changer ses pneus sans trop dépenser, mais elle n'avait aucun garagiste attitré, personne pour la dépanner en urgence.

— Pourquoi tu n'appelles pas Grégoire ? suggéra Florent d'une voix innocente.

— Encore lui ? Tu plaisantes ?

— Ben, il habite pas loin, et il est gentil…

Grégoire Fabre, le bon Samaritain ! L'idée d'être à nouveau débitrice de cet homme révulsait Louise, d'ailleurs elle lui avait dit des choses assez désagréables pour qu'il l'envoie sur les roses si elle avait le toupet de lui demander de l'aide.

— Florent a raison, intervint Fanélie. À condition qu'il soit chez lui, Fabre te rendrait sûrement service. C'est un cas de force majeure, non ?

Louise faillit hurler qu'elle ne voulait plus jamais entendre parler de ce type, mais la vision des aiguilles, sur le cartel, l'en empêcha. À moins d'une solution immédiate, elle courait à la catastrophe. Ravalant son orgueil, elle feuilleta de nouveau fébrilement l'annuaire, sans savoir si elle espérait y trouver le nom de Fabre ou pas.

— Là ! dit Florent en pointant son doigt sur une ligne.

Bien entendu, il était ravi, tout excité par la

perspective de voir son héros dans un nouvel épisode de sauvetage !

— Monsieur Fabre ? Bonjour, Louise Balleroy.

— Bonjour.

Sa voix était plutôt froide, comme prévu.

— Désolée de vous déranger, enchaîna-t-elle après un court silence, mais je suis devant un problème imprévu et urgent. Ma voiture est en panne, or je dois absolument me rendre en Arles au plus vite. En fait, je devrais déjà y être, c'est vraiment important, et je n'ai aucun moyen de locomotion car les taxis ne se donnent même pas la peine de répondre ! Je ne sais plus quoi faire, c'est pourquoi je me permets de vous appeler, je…

— Je vais vous y conduire, pas de problème. Je pars tout de suite.

Toujours pas trace d'amabilité dans le ton, et il avait déjà raccroché. Louise laissa échapper un long soupir de soulagement.

— Bon, il arrive, ça devrait aller.

— J'en étais sûr ! s'exclama Florent avec un air béat.

— Oui, mon poussin, tu as eu une très bonne idée, se força-t-elle à admettre.

Fanélie essuya ses mains sur son tablier et se remit à pétrir sa boule de farine, sourire aux lèvres.

— Entre voisins, c'est tout naturel de s'entraider, murmura-t-elle.

Se penchant vers son fils, Louise l'embrassa dans le cou.

— Sois sage et ne fais pas enrager Fanélie au moment de te coucher.

— Je peux regarder un peu la télé ?

— Jusqu'à neuf heures, pas plus. Je viendrai t'embrasser en rentrant. Mais tu dormiras, n'est-ce pas ?

— Promis.

Elle le serra contre elle puis empoigna son sac et sa mallette de maquillage. Rentrer allait lui poser un autre problème, mais qui n'aurait rien d'urgent, celui-là. Stéphane pourrait peut-être faire un détour pour la déposer chez elle, ou bien elle prendrait un taxi, à condition de s'arrêter d'abord à un distributeur de billets car elle avait très peu d'argent sur elle.

Des phares éclairèrent les fenêtres et elle sortit aussitôt de la maison. En montant dans la voiture de Grégoire, elle lui adressa un sourire qu'elle espérait aimable, puis se confondit en remerciements. Mais il l'interrompit aussitôt.

— Où allez-vous exactement, dans Arles ?

— Au théâtre, boulevard Clemenceau.

— Au théâtre ? répéta-t-il, incrédule. Et c'est pour assister à un spectacle que vous êtes tellement stressée ?

Il était en train d'accélérer et le Land Rover tanguait sur les ornières du chemin. Louise attendit qu'il ait pris la départementale bitumée pour répondre, un peu sèchement :

— Je n'y assiste pas, je joue dedans.

— Oh... Alors on va se dépêcher, mettez votre ceinture !

Elle faillit répondre qu'elle avait peur en voiture, mais c'était la dernière chose à dire, évidemment.

— C'est quoi, comme pièce ? s'enquit-il au bout de deux ou trois minutes de silence.

— *Le Cid*.

— Et vous jouez...

— Chimène.

— Sans elle, bien sûr, la pièce perdrait beaucoup de son intérêt !

Sa plaisanterie ne fit rire que lui car Louise gardait les yeux rivés à la route, effrayée par la vitesse à laquelle il conduisait. Arrivé à Mouriès, il prit la direction de Saint-Martin-de-Crau pour rejoindre l'autoroute.

— Ce doit être un beau métier pour une femme, actrice.

— Pas pour un homme ? ironisa-t-elle.

— Eh bien, ça me paraît… Je ne sais pas. Disons, pas très… sérieux.

Sans se forcer, elle éclata de rire, trouvant la réflexion absurde. Cependant elle commençait à se sentir de meilleure humeur, à peu près certaine d'arriver à temps, et elle ajouta :

— C'est un beau métier, mais pas un métier facile.

— Aucun ne l'est, protesta-t-il.

Du coin de l'œil, elle le détailla avec une certaine curiosité. Toujours hirsute et aussi mal rasé, il avait un peu l'air d'un ours, presque à l'étroit derrière son volant. De son blouson de cuir dépassait un gros col roulé jacquard, mais c'étaient des vêtements de bonne qualité, tout comme le chrono qu'il portait au poignet.

— Vous me rendez un très grand service, dit-elle à mi-voix, et je suis navrée d'avoir été un peu agressive, l'autre jour. Mais vous n'imaginez pas à quel point on peut se faire du souci pour son enfant.

— J'imagine très bien. J'avais une petite fille, je sais ce que c'est.

— Vous aviez ? ne put-elle s'empêcher de demander.

— Elle est… décédée.

Cette fois, Louise se tut, ne voyant pas ce qu'elle pouvait ajouter. Ils roulèrent en silence jusqu'aux faubourgs d'Arles et, quelques minutes plus tard, ils s'arrêtaient devant le théâtre.

— Je vous retrouve ici à quelle heure ? demanda-t-il.

— Oh, merci beaucoup, c'est très gentil, mais je me ferai raccompagner après la représentation.

— Vous en êtes sûre ? Sinon, je peux attendre.

— Certaine.

— Et pour votre voiture, voulez-vous que je vous envoie un garagiste demain matin à la première heure ? C'est un copain, il ne vous arnaquera pas.

— Eh bien… Oui, volontiers.

Ouvrant la portière, elle sauta sur le trottoir, pressée de rejoindre sa loge et de rassurer le régisseur qui devait commencer à s'arracher les cheveux.

— Encore merci ! lança-t-elle avant de filer vers l'entrée des artistes.

Il la suivit des yeux, la vit se tordre une cheville sans ralentir pour autant, puis elle disparut. Sur la façade, parmi les affiches des différents spectacles proposés, il repéra celle du *Cid* et l'examina. Pris d'une idée subite, il décida d'aller se garer. Depuis combien de temps n'avait-il pas mis les pieds dans un théâtre ?

Pelotonné sous sa couette, Florent percevait un vague bourdonnement de voix en provenance de la télévision. Fanélie suivait l'une de ses émissions favorites et, tout à l'heure, il y aurait aussi le bruit de la bouilloire, puis celui d'une tasse heurtant une soucoupe. Enfin, elle ferait craquer l'escalier en montant se coucher.

Ils avaient dîné dans le séjour, près du sapin illuminé, et regardé une fois de plus la cassette du *Roi Lion* dont ils ne se lassaient pas. Le gâteau au chocolat de Fanélie était un régal, Florent en avait repris trois fois.

Grâce à la lumière du palier, une douce pénombre baignait sa chambre. Il ferma les yeux et essaya d'imaginer le voyage de sa mère avec Grégoire.

Étaient-ils arrivés à temps, avaient-ils enfin sympathisé ? En regardant le 4 × 4 s'éloigner dans la nuit, tout à l'heure, Florent avait jugé la scène digne d'un film ! Sa mère lui semblait assez belle pour avoir une foule d'admirateurs à ses pieds, des soupirants avec des bouquets de fleurs, des amoureux prêts à l'emmener où elle voulait, et Grégoire endossait le rôle du chevalier servant à la perfection. Beaucoup mieux que Stéphane, en tout cas, Stéphane qui disait des choses si bêtes, comme le soir du réveillon. Annoncer à sa mère que Florent partirait en la laissant mourir là, toute seule ! C'était exactement ce qui n'arriverait jamais. Après avoir vu son père s'en aller en claquant la porte – et l'avoir haï pour ça –, comment imaginer qu'il allait en faire autant ? Ridicule…

Chassant l'image de Stéphane, Florent lui substitua celle de Grégoire. Un homme grand, fort, courageux, qui surgissait de nulle part au bon moment, avec le panache et le sourire rassurant des héros, tout à fait le genre d'homme qu'on avait envie d'avoir pour professeur, oncle ou parrain… peut-être beau-père ?

Florent se tortilla dans son lit, soudain mal à l'aise. N'était-ce pas horriblement méchant de vouloir *remplacer* son père ? Et s'il revenait un jour et trouvait sa place prise ? S'il était malheureux, s'il demandait pardon en serrant son petit garçon dans ses bras, en disant qu'il n'avait pas cessé de penser à lui, s'il voulait reprendre le cours de leur vie d'avant ?

Écrasant ses poings sur ses yeux fermés, Florent sentait son cœur battre trop vite. Leur vie d'avant, c'étaient aussi les disputes de chaque jour, les cris, les larmes de sa mère. Et puis cette absence soudaine, définitive. À l'école, d'autres enfants avaient subi le divorce de leurs parents, ils parlaient de week-ends de garde ou de garde alternée, de vacances partagées, de nouvelles maisons, de demi-frères et sœurs. Florent n'avait rien de tout cela à raconter, son père avait disparu, s'était évaporé sans laisser de trace, comme s'il n'avait jamais été là. Noël était passé, et toujours aucune lettre dans la boîte, aucun paquet. Jusqu'au dernier moment, Florent n'avait pas pu s'empêcher d'espérer. Rien le 24, et puis le 25 était férié, mais ce matin encore il avait guetté malgré lui le passage du facteur. En vain. Après l'avoir rejeté, son père l'avait définitivement oublié. Comment une chose pareille était-elle possible ?

Roulé en boule, il se concentra de nouveau sur Grégoire, essayant de se souvenir de sa maison. Il revoyait la haute cheminée, le sol de tomettes, mais pas grand-chose d'autre, hormis cette fabuleuse crèche aperçue en partant. Sa mère l'avait emmené trop vite, il n'avait pas pu détailler tous les personnages, innombrables, et ne conservait que l'impression d'une foule convergeant des collines enneigées vers l'étable. Aurait-il l'occasion de retourner chez Grégoire pour la contempler à sa guise ? Ce n'était pas vraiment impossible, à condition que sa mère et Grégoire aient enfin sympathisé ce soir. Comme disait Fanélie, il suffisait d'un *petit coup de pouce* du destin.

Florent sortit une main de sous la couette et ouvrit les yeux. En ombre chinoise, grâce à la lumière du palier, il discernait ses doigts, qu'il replia, sauf le pouce.

— Il n'y a que les couillons qui ne changent jamais d'avis, marmonna Grégoire.

Son grand-père lâchait de temps en temps cette phrase en fronçant les sourcils, lorsqu'il estimait Grégoire trop entêté. Eh bien, ce soir, Antonin aurait pu être fier de son petit-fils, qui venait de modifier radicalement son jugement sur Louise Balleroy. Une écervelée agressive, peut-être, mais quelle comédienne !

Encore sous le charme, il se sentait un appétit d'ogre, aussi cassa-t-il un cinquième œuf au-dessus du bol avant de se mettre à les battre. Dans la poêle, où des croûtons frottés d'ail rissolaient déjà, il ajouta quelques brins de ciboulette. Marc allait être vert de rage en apprenant l'équipée de Grégoire, et les quolibets risquaient de pleuvoir. Tant pis, il n'y avait rien à regretter, ces deux heures au théâtre avaient été un enchantement. Voilà bien le genre de sorties à reconsidérer, ça changeait du cinéma ou des musées. En ce qui concernait ces derniers, Marc ne lui en épargnait aucun. Dès que s'ouvrait le moindre site réunissant quelques objets rares, il fallait aller voir.

L'omelette commençait à dorer sur les bords tout en restant bien baveuse au centre. Grégoire la fit glisser sur une grande assiette et alla s'asseoir. Même s'il appréciait la compagnie de ses amis, les dîners solitaires ne le gênaient pas. Il en profitait pour lire le journal, parler à ses chiens, vérifier ses comptes ou songer à sa journée du lendemain. Parfois, il projetait d'éventuelles améliorations pour l'exploitation ou la maison. Des années passées en Amérique, il avait gardé la volonté d'entreprendre et le sens de l'efficacité. Jamais il ne remettait à plus tard ce qu'il décidait, bouleversant l'ordre des choses sans état d'âme. Ainsi, à peine avait-il racheté *Lou Roucas* qu'il s'était mis en tête de produire une qualité d'amandes destinées aux plus exigeants des confiseurs, et il n'avait pas hésité à planter deux cent cinquante arbres. Avec la récolte, il fournissait désormais une fabrique de calissons.

Tout en dévorant son omelette, il repensa à la

représentation du *Cid*. À la robe rouge de Louise, à sa silhouette, sa coiffure, son profil délicat, au timbre chaud de sa voix. Une autre femme, décidément, sensuelle et émouvante, qui l'avait bouleversé.

— Vous me trouvez l'air bête, mes chiens ?

Les deux bouviers, couchés tête-bêche devant le radiateur, l'observaient avec intérêt, comme d'habitude.

— J'ai le droit de rêver, *noun ?*

Il ne s'en accordait pas souvent la fantaisie, mais, ce soir, son esprit vagabondait, battait la campagne, il s'imaginait assez bien dans la peau d'un Rodrigue, une main sur le cœur et l'autre sur l'épée. Seigneur ! Était-il en train de tomber amoureux de son insupportable voisine ?

Lorsqu'il monta se coucher, un quart d'heure plus tard, il en riait encore.

Dimanche 28 décembre

De nouveau, le thermomètre plongeait, le froid durcissait la terre et les arbres scintillaient, recouverts d'une fine pellicule de givre. Lorsque Louise ouvrit ses volets ce matin-là, elle resta quelques instants à contempler le paysage féerique qu'offraient les collines. L'endroit l'enchantait toujours autant, malgré les inconvénients d'une maison inachevée et éloignée de tout, malgré le départ de Xavier qui l'avait abandonnée là avec leur fils sans même se demander comment ils survivraient. Quand elle songeait à la brutalité de cette rupture, elle se disait qu'elle ne pourrait plus jamais accorder sa confiance à un homme. Les mots – déclarations outrées et serments d'amour éternel – étaient aussi illusoires dans la vraie vie qu'au théâtre, il ne fallait croire en rien pour ne pas tomber de haut.

Secouée d'un frisson, elle referma la fenêtre et serra sa robe de chambre autour d'elle. La veille, l'ultime représentation du *Cid* avait été un succès formidable qui aurait dû la réjouir, mais vider sa loge puis se séparer du reste de la troupe la rendait chaque fois très mélancolique. Heureusement, les répétitions du prochain spectacle, dont elle partagerait l'affiche avec Stéphane, allaient bientôt commencer. Après… Eh bien, pour le moment elle n'avait pas d'autre perspective, chaque chose viendrait en son temps.

Elle fila à la salle de bains, prit une douche rapide et se dépêcha d'enfiler un jean, deux gros pulls, des bottes. Florent l'attendait dans la cuisine où il avait commencé à préparer un petit déjeuner de fête, ainsi qu'il aimait à le faire durant les vacances scolaires. Sur la table, les confitures et le miel voisinaient avec une corbeille de fruits, une pile de toasts, un assortiment de fromages.

— Tu t'en sors avec la cafetière, mon prince ?

Elle lui ébouriffa les cheveux, l'embrassa dans le cou.

— Tu sens bon ! s'exclama-t-il.

Comme toujours, il démarrait la journée par une gentillesse, un compliment.

— On pourrait s'offrir une grande promenade tout à l'heure, proposa-t-elle.

— En voiture ? Maintenant qu'elle est réparée.

Il lui rappelait ainsi que le garagiste envoyé la veille par Grégoire, comme prévu, s'était montré particulièrement efficace.

— Non, à pied, répondit-elle en souriant. Il fait beau, on n'aura qu'à bien se couvrir. Si tu veux, on fera une partie de cache-cache, et ensuite…

Le bruit d'un moteur l'interrompit. Surprise d'avoir de la visite un dimanche, elle s'approcha de la fenêtre et resta clouée de stupeur. Xavier était en train de descendre d'un coupé sport dont il claqua la portière. Après un rapide regard circulaire, il se dirigea vers la maison.

— C'est ton père, murmura Louise machinalement.

Mais elle n'avait nul besoin de le préciser, Florent s'était figé à côté d'elle, la bouche ouverte. Sans frapper, comme s'il était toujours chez lui, Xavier venait d'entrer. En deux enjambées, il traversa le vestibule et s'arrêta sur le seuil de la cuisine.

— Bonjour…

Louise se força à le regarder en face. Le choc redouté ne se produisit pas, elle n'éprouva ni l'envie de pleurer ni celle de se jeter à son cou.

— Tu aurais pu téléphoner, se borna-t-elle à dire.

Il était égal à lui-même, séduisant et sûr de lui. Ses cheveux blonds semblaient encore plus clairs, son teint hâlé mettait en valeur ses yeux d'un bleu intense. Sans doute revenait-il d'un pays chaud, mais Louise ne ressentait pas de curiosité quant à l'existence qu'il avait pu mener depuis qu'il était parti. Le trait qu'il avait lui-même tiré devenait définitif.

— Eh bien, Flo, tu ne m'embrasses pas ?

S'il cherchait à être gentil, il y parvenait mal, car sa question avait claqué trop sèchement. Florent fit deux pas en avant, à contrecœur.

— Quel accueil ! ironisa Xavier.

— Tu t'attendais à autre chose ? Laisse-lui le temps de réaliser, il est aussi surpris que moi.

— J'étais en voyage.

— Il s'agit d'une explication ? Alors dis-moi de quelle contrée reculée tu arrives, où les communications sont coupées, je suppose ? Tu es devenu correspondant de guerre, grand reporter ?

Visage fermé, Xavier la toisa avec hargne.

— Ton humour n'amuse que toi. Nous nous sommes séparés, ça arrive à des tas de couples, pas la peine de m'agresser.

Louise baissa les yeux sur Florent qui restait statufié. Allait-il devoir assister à une querelle supplémentaire ?

— Il y a une femme dans ma vie, annonça soudain Xavier.

La nouvelle n'avait rien d'étonnant, il fallait bien qu'il y ait eu une rivale pour justifier son départ précipité puis son silence.

— Dans ce cas, parvint-elle à répondre, nous allons divorcer et fixer la pension alimentaire de Florent.

— Ah, je savais que tu parlerais d'argent !

— Je parle d'avenir, de celui de notre fils. En ce qui me concerne, je ne te demande rien.

Se penchant vers le petit garçon toujours immobile, elle ajouta :

— Mets ton blouson et va jouer dehors, mon chéri.

— Non, je ne veux pas te laisser, murmura-t-il d'une voix étranglée.

Émue, elle lui posa les mains sur les épaules pour le rassurer, tandis que Xavier éclatait de rire.

— Allez, mon bonhomme, on a besoin de discuter entre adultes.

— Si c'est de moi que vous discutez, je reste là !

Il se révoltait tout en ayant peur, Louise le voyait bien. Affronter son père devait être une façon d'exorciser son chagrin ou de manifester sa rancune, et sans doute aurait-il suffi que Xavier lui ouvre les bras pour qu'il fonde en larmes.

— Je ne sais pas comment tu l'élèves, mais je ne l'ai pas connu si frondeur !

— Parce que tu te souviens de ton fils ? Rassure-moi ! ne put-elle s'empêcher de répliquer, furieuse.

La colère menaçait de lui faire dire des choses que Florent n'avait pas à entendre. Certes, il était le premier concerné par ce qui allait suivre, mais aussi beaucoup trop jeune et trop vulnérable.

— Sois gentil, mon amour, insista-t-elle. Tout va bien, tu peux sortir et t'amuser, nous n'en avons pas pour longtemps.

Secouant la tête, son fils lâcha, dans un souffle :

— Non.

Puis il s'assit sur un tabouret et croisa farouchement les bras sans regarder personne. Désemparée, Louise hésitait sur la conduite à tenir lorsque Xavier s'avança. D'un geste brusque, il saisit Florent par le coude et le souleva.

— Maintenant, ça suffit, tu sors d'ici !

Avec une expression terrifiée, le petit garçon se mit à se débattre jusqu'à ce qu'une gifle retentissante s'abatte sur sa joue.

— Qu'est-ce qui te prend ? hurla Louise. Lâche-le immédiatement, lâche-le !

— Je ne le tiens pas. Arrête de crier, c'est de l'hystérie. Et toi, dehors, allez…

Florent se rua hors de la cuisine, bousculant son père au passage, des larmes plein les yeux. La porte d'entrée claqua avec violence, puis ils le virent passer devant la fenêtre, courant toujours.

— Comment as-tu osé ? gronda Louise. C'est ta manière de le retrouver ? Tu viens de lui mettre le cœur en miettes !

— Il ne m'a même pas dit bonjour. Et il n'écoute rien. Apparemment il n'en fait qu'à sa tête.

— Tu n'avais pas à le frapper.

— Oh, une malheureuse claque ! Mon père m'en a donné des douzaines quand j'étais môme, et je ne m'en porte pas plus mal.

Louise jeta un coup d'œil au-dehors mais il n'y avait pas trace de Florent. Était-il allé pleurer dans le cabanon ? Parti avec son vélo dans les collines ? Elle aurait voulu le rejoindre et le consoler, toutefois elle devait d'abord se débarrasser de Xavier.

— Si tu le gardes dans tes jupes, tu en feras une poule mouillée, crois-moi.

— Je me passe de tes conseils, répliqua-t-elle. Il a aussi fallu que je me passe de toi, et que je me débrouille pour payer toutes les factures en cours. Que tu sois d'accord ou pas, nous allons effectivement parler d'argent. D'abord, la maison...

— Mets-la en vente, on partagera.

— Ben voyons ! Et je me retrouverai sans toit au-dessus de la tête ? N'y compte pas, je ne prendrai aucune décision tant que je n'aurai pas consulté un avocat. Tu as quitté le domicile conjugal, Xavier, je ne suis pas dans mon tort.

— Je sais bien...

Avec un soupir, il se laissa tomber sur une chaise, perdant un peu de son arrogance. Cette place au bout de la table, contre le mur, avait été la sienne durant des mois. À ce moment-là, ils parlaient tous les deux avec enthousiasme des travaux qu'ils comptaient entreprendre. Et puis, au fil des jours, la fatigue s'était installée, engendrant l'amertume. Mais était-ce l'unique raison de leur discorde ? Trop loyale et trop honnête pour se poser des questions, Louise croyait alors son couple à l'abri des mensonges. Elle aimait Xavier sans réserve, l'avait épousé et lui avait donné un fils sans jamais douter de lui. S'était-elle aveuglée délibérément ?

— Cette femme qui est dans ta vie, quand l'as-tu rencontrée ?

Relevant la tête, il lui lança un regard penaud qui expliquait tout, sa mauvaise humeur croissante à l'époque, son départ précipité, puis son silence.

— Je suis très amoureux, je vais me marier avec elle, dit-il d'un ton abrupt.

Il devait se sentir coupable, cependant il refusait de laisser planer le moindre doute sur ses intentions.

— Elle attend un enfant, ajouta-t-il tout bas. Pourquoi les femmes veulent-elles toujours des enfants ?

La question était si étrange que Louise crut avoir mal entendu.

— Les enfants sont toujours là à vous harceler, à vous bouffer la liberté. Ils ne sont pas le ciment de l'amour mais son poison.

— Tu avais pourtant l'air heureux quand Florent est né !

— Parce que j'ignorais la suite. En réalité, je ne suis pas fait pour être un père. Un amant, un mari, oui.

Inquiète, Louise regarda à nouveau au-dehors. Son fils n'était nulle part en vue et elle espéra qu'il ne s'était pas tapi sous la fenêtre pour les écouter.

— Si la paternité t'angoisse à ce point, pourquoi recommencer ?

Il haussa les épaules, l'air résigné. La femme dont il était épris n'avait pas dû lui demander son avis. D'ici quelques années, cette inconnue risquait d'avoir une très mauvaise surprise. Tant pis pour elle.

— Écoute-moi, Xavier. Tes amours et tes états d'âme ont perdu tout intérêt pour moi, inutile de m'en parler. Nous n'avons que des détails pratiques à régler, c'est bien pour ça que tu es venu ?

— Oui.

Son acquiescement signifiait sa parfaite indifférence vis-à-vis de Louise et de Florent. Rien ne subsistait des sentiments puissants qui les avaient liés tous trois quelques années plus tôt.

— En ce qui concerne tes droits de visite ou de garde, on s'arrangera comme tu veux. Tu pourrais prendre Flo un week-end de temps en temps, il a forcément besoin de son père et…

— Mais tu ne comprends pas ! explosa Xavier. Anne-Marie n'acceptera jamais, elle est très jalouse de mon passé, de toi et de notre fils. Pas question pour elle de recevoir Florent, ni de s'en occuper. Tu rêves !

Pétrifiée, Louise resta muette. La cruauté des paroles prononcées par Xavier l'atteignait au plus profond d'elle-même, ébranlant toutes ses certitudes.

— Je l'aime bien, ce gamin, ajouta-t-il d'une voix plus calme. Et je t'ai sincèrement aimée, je te le jure. Seulement voilà, j'ai rencontré la passion, c'est autre chose. Le genre de truc qui n'arrive qu'une fois dans une vie, il ne faut pas m'en vouloir d'avoir saisi ma chance. Anne-Marie me rend fou, je n'y peux rien, j'ai même l'impression de ne pas pouvoir respirer sans elle. Je ne lui imposerai pas Florent, d'ailleurs, ce serait infernal pour tout le monde, lui le premier.

— Tu peux le voir sans elle, murmura Louise.

Elle ne savait plus ce qu'elle devait défendre ou tenter de sauver. Son envie de jeter Xavier dehors devenait plus forte à chaque minute, tout comme son besoin de serrer Florent dans ses bras, mais elle n'avait pas le droit de se soustraire à cet ultime affrontement. Elle ignorait jusqu'à l'adresse de Xavier et n'aurait sans doute pas d'autre occasion de s'expliquer avec lui.

— Où habites-tu ? articula-t-elle péniblement.

— Pour l'instant, à Aix. Il est possible que nous allions nous installer à Paris par la suite. Je vais te laisser mes coordonnées, pour l'avocat.

Tandis qu'il écrivait sur le bloc-notes du téléphone, elle scruta de nouveau le jardin. Où était Florent ?

— Inutile de t'inquiéter, dit Xavier derrière elle, je t'enverrai de l'argent.

— Non. Signe-moi un chèque maintenant.

Faisant volte-face, elle le vit hésiter. Écœurée, elle le toisa sans dissimuler son mépris.

— Ton compte en banque est sous contrôle ? Ta dulcinée te surveille ? Tu n'as pas le sou ?

— Je gagne bien ma vie en ce moment, protesta-t-il. J'ai vendu de bonnes photos, Anne-Marie me donne du talent.

— Ah, fous-moi la paix avec ton Anne-Marie ! Tu gagnes bien ta vie et tu oses me le dire en face alors que tu nous as laissés sans rien, ton fils et moi ? Tu sais de quelle façon je galère pour trouver du travail ? Mais tu n'as même pas pris la peine d'y penser. Je ne te reconnais pas, Xavier. Ce que tu appelles ta « passion » t'a transformé en quelqu'un d'autre, quelqu'un de très moche. Et ce que tu fais à ton fils en ce moment finira par te hanter, te pourrir la vie. Un jour, tu n'arriveras même plus à te regarder dans une glace sans crever de honte.

Elle choisissait délibérément de ne parler que de Florent, taisant tout ce qu'elle ressentait pour elle-même. En quelques mots, Xavier venait de réduire à moins que rien leur mariage, comme une chose insignifiante que la fameuse Anne-Marie avait balayé d'un battement de cils. En tant que femme, Louise avait perdu tout attrait, elle n'existait plus.

— Tu es dure, dit-il de manière incongrue.

Cette fois, elle faillit craquer. Se mettre à hurler de rage et de dégoût, renverser la table, envoyer Xavier au diable.

— J'essaierai de déjeuner avec Florent en tête à tête de temps en temps. Tiens, je l'emmènerai au McDo.

— Et si tu t'installes à Paris ?

— Je lui écrirai.

— Tu t'en es dispensé pour Noël. Il guettait le facteur, il a espéré jusqu'au dernier moment.

Un silence épais tomba entre eux, se prolongea.

— Est-ce que tu me ferais un café ? finit par demander Xavier.

Il avait sorti son chéquier et jouait machinalement avec. Une seconde, leurs regards se croisèrent. Comment pouvait-on avoir été aussi proches, aussi intimes, et devenir aussi parfaitement étrangers l'un à l'autre ?

— Je suis désolé, Louise…

Pour éviter de lui répondre, elle mit de l'eau dans le réservoir de la cafetière et changea le filtre.

— Tu bois ton café et tu pars, décida-t-elle d'une voix atone.

Florent avait couru jusqu'à ce qu'un point de côté l'oblige à marcher. Plus il mettrait de distance entre lui et son père, moins mal il se sentirait.

— Je le déteste, je le déteste ! criait-il de temps en temps, de toutes ses forces.

Sa joue avait cessé de le brûler depuis longtemps, mais il n'arrêtait pas de la toucher, comme pour effacer le coup ou au contraire s'en souvenir. Jamais sa mère ne levait la main sur lui. Elle le privait de télé ou le grondait, sans avoir recours à la brutalité, et il suffisait qu'elle élève la voix pour qu'il se sente misérable. Plus petit, il était bien arrivé à son père de lui donner une paire de claques ou même une fessée, mais rien de terrible. En revanche, la gifle d'aujourd'hui était méchante, méprisante, choquante.

— Je le déteste !

À présent, il marchait au bord de la route, son souffle

formant de petits nuages de vapeur dans l'air glacé. Mouriès n'était plus qu'à un kilomètre et bientôt il pourrait se réfugier contre le tablier de Fanélie. Tout lui raconter en laissant libre cours à sa colère, à son chagrin, exiger qu'elle revienne avec lui pour protéger sa mère.

« Il y a une femme dans ma vie », avait déclaré son père comme il aurait demandé l'heure. Eh bien, qu'il reparte vers sa « vie » et ne revienne jamais !

Pieds nus dans ses tennis, Florent ne portait qu'un sweat-shirt et un vieux jean, sa tenue favorite des petits déjeuners du dimanche. Sorti en trombe de la maison, il avait foncé vers la route sans réfléchir, mais à présent le froid l'étreignait. Il songea au visage crispé de sa mère, à sa voix inquiète et agressive. Elle avait forcément de la peine, elle aussi.

— Mais moi, je m'en fous, je le déteste !

Hâtant le pas autant que son point de côté le lui permettait, il aborda le dernier tournant et aperçut le toit du petit pavillon de Fanélie. Encore un effort avant d'être à l'abri, au chaud, avant de pouvoir se soulager d'un fardeau trop lourd pour lui.

Et si la dispute de ses parents tournait à l'orage ? S'ils se battaient ? Il eut la vision de la cuisine ravagée, de sa mère brandissant un couteau. Mais non, il avait vu ça dans une pièce de théâtre, il mélangeait tout. Une fois de plus, il toucha sa joue qui lui parut brûlante sous ses doigts glacés.

Marchant et courant, il franchit les derniers cent mètres, escalada les trois marches du perron, puis il fit irruption chez Fanélie qui ne fermait jamais sa porte à clef. Elle était en train de se laver les mains à l'évier, mais, dès qu'elle le vit, elle lui ouvrit les bras.

— Mon pitchoun ! Qu'est-ce que tu fais ici ? Qu'est-ce qui t'arrive ?

La tête écrasée contre le tablier plein de farine, il raconta tout, hors d'haleine.

— Bon, bon, calme-toi. On va d'abord appeler ta maman pour lui dire où tu es, et comme ça, on saura de quelle façon les choses se passent là-bas, hein ?

Un peu dépassée par les événements, Fanélie conduisit le petit garçon vers la table.

— Regarde, j'ai fait des merveilles, elles sont toutes chaudes !

Dans un panier d'osier tapissé d'un torchon, de petits beignets en forme de nœuds s'empilaient, saupoudrés de sucre glace.

— Sers-toi, mon lapin, moi, je téléphone à Louise.

C'était l'un des rares numéros qu'elle connaissait par cœur, elle le composa sans mettre ses lunettes. Durant quelques instants, elle parla à voix basse, d'un ton de conspiratrice, tandis que Florent attendait, un gâteau à la main. Il n'avait pas faim et il se sentait mal.

— Ton papa n'est pas encore parti, annonça-t-elle en raccrochant.

— Alors, on y va, on la laisse pas toute seule !

— Attends, ils ont besoin de s'expliquer, de…

— Non, non ! Il ne lui dit que des choses méchantes, il faut qu'il s'en aille, qu'il lui fiche la paix !

De nouveau très agité, Florent s'était levé, abandonnant la merveille sur le coin de la table. Si Fanélie ne voulait pas l'accompagner, tant pis, il referait seul le chemin jusque chez lui, il ne supportait pas d'imaginer sa mère en danger.

— Tu ne vas pas sortir comme ça, protesta Fanélie. Oh, c'est pas Dieu possible, tu es venu avec ce petit pull de rien du tout sur le dos ? Et même pas de chaussettes !

Pendant qu'elle le détaillait, horrifiée, il avait déjà gagné la porte.

— Écoute-moi ! s'indigna-t-elle. Tu as le diable au corps, ma parole… Il fait un froid de gueux, ce matin, tu vas attraper la mort et ce sera ma faute. Tiens, prends cette veste, couvre-toi, moi, je mets mon manteau. On peut y aller avec mon vélo, tu n'auras qu'à monter sur le porte-bagages.

Sans se faire prier, Florent enfila l'épais tricot à gros boutons que lui tendait Fanélie d'un geste impérieux. Peu lui importait d'être ridicule attifé ainsi, tout ce qu'il voulait était rentrer à la maison et secourir sa mère.

— Il n'y aura que Le Patio, à Fontvielle, qui sera ouvert, affirma Grégoire. C'est l'inconvénient d'habiter un coin touristique, tout est fermé l'hiver !

— Le Patio, répliqua Marc, tu l'aimes parce que c'est une ancienne bergerie.

— Aujourd'hui, ce serait plutôt pour sa cheminée. Et arrête de ronchonner, on y mange bien et je t'invite.

Toute la matinée, ils avaient marché dans les collines derrière les chiens de Grégoire, jusqu'à ce que Marc demande grâce, les muscles douloureux et les poumons en feu.

— Je rêve d'une semaine dans un pays chaud. Les cocotiers, la plage, le farniente…

— Pas la bonne saison pour t'absenter, la grippe arrive, ironisa Grégoire. Mais si tu veux te distraire, je peux t'emmener à la chasse tous les dimanches.

— Je déteste ta manière de chasser, tu as toujours une bonne raison pour ne pas tirer ! Alors, parcourir quinze kilomètres au pas de charge et rentrer bredouille, merci bien. Tiens, qu'est-ce que c'est que ces cinglés ?

Il désignait une vieille bicyclette lourdement chargée, qui zigzaguait au milieu de la route, face à eux. En reconnaissant Florent, qui lui adressait de grands signes du bras, Grégoire freina et se rangea sur le bas-côté, puis il baissa sa vitre.

— Quel équipage ! Où allez-vous comme ça ? Bonjour, madame.

Le gamin, emmitouflé dans un invraisemblable pull bien trop grand pour lui, sauta du porte-bagages et se précipita vers le 4 × 4 tandis que la vieille femme mettait pied à terre, apparemment soulagée.

— On rentre à la maison, débita Florent à toute vitesse, mais je suis trop lourd pour Fanélie, elle y arrive pas. Seulement elle veut pas que j'aille à pied à cause du froid, et aussi parce que j'ai déjà fait le chemin une fois !

Son visage exprimait tout autre chose que ce qu'il racontait. Dans le regard tourmenté du petit garçon, Grégoire perçut nettement une sorte d'anxiété et d'espoir mêlés.

— Je vous emmène, proposa-t-il.

— C'est vrai ? Génial !

Voyant qu'il avait visé juste, Grégoire lui adressa un large sourire.

— Je vais mettre la bicyclette dans le coffre, montez.

Marc descendit pour céder sa place à Fanélie et alla s'installer sur la banquette arrière avec Florent.

— Ta main va bien, bonhomme ?

— Oui, oui, c'est oublié !

Nerveux, le petit s'impatientait tandis que Grégoire faisait demi-tour.

— Je me dépêche, promit-il en lui adressant un clin d'œil dans son rétroviseur.

— Vous êtes bien aimable, monsieur Fabre, déclara Fanélie. Je me disais qu'on n'y arriverait jamais avec la route qui monte. Oh, je sais que ça se voit à peine, pourtant, après le Calvaire, ça grimpe, on s'en rend compte quand il faut appuyer sur les pédales !

Elle semblait ravie d'être assise là, dominant le paysage pour une fois, mais son plaisir fut de courte durée car ils ne mirent que quelques minutes à arriver. Devant la petite maison aux volets bleus, Grégoire remarqua une voiture inconnue garée à côté de la Polo. Était-ce la raison de la fébrilité de Florent ?

— Venez dire bonjour à maman, elle sera contente ! affirma le petit garçon d'un ton déterminé.

— Nous ne voulons pas déranger, protesta Marc sans aucune conviction.

— Non, non, venez !

Le gamin avait déjà jailli hors du Land Rover, mais, soudain, il parut hésiter, s'immobilisa.

— Eh bien, allons-y, décida Grégoire pour l'encourager.

Il devinait que quelque chose angoissait l'enfant et il voulait en avoir le cœur net. Laissant Marc aider Fanélie à descendre la bicyclette du coffre, il suivit Florent. Au même instant, la porte de la maison s'ouvrit sur Louise, flanquée d'un grand type blond.

— Ah, tout de même, te revoilà ! lança-t-il à Florent.

Le garçonnet fit deux pas en arrière, comme s'il était prêt à s'enfuir. Louise en profita pour faire les présentations, et tandis que les trois hommes se serraient la main, elle alla se poster à côté de son fils.

— Dis au revoir à ton père, mon chéri.

Xavier se pencha pour embrasser le petit garçon qui se laissa faire, inerte.

— Quelle tête de cochon tu peux avoir ! Allez, à bientôt, poussin.

Leurs adieux manquaient terriblement de chaleur et de spontanéité, d'autant plus que Louise avait gardé la main sur l'épaule de Florent, avec l'intention affichée de le protéger. Xavier monta en voiture et démarra dans un crissement de pneus, faisant voler des graviers.

— Nous arrivons mal ? s'enquit Grégoire.

Louise semblait un peu hagarde, presque sur le point de pleurer, néanmoins elle parvint à se dominer.

— Eh bien, la maison est en désordre, et je ne sais pas trop si…

— On va vous laisser, trancha-t-il.

Il adressa un petit signe amical à Fanélie, puis croisa le regard suppliant de Florent. Il ne comprenait toujours pas ce que le gamin attendait de lui mais, pris d'une idée subite, il ajouta :

— En fin de journée, si vous n'avez rien de prévu, venez donc boire un thé à la maison tous les trois, je serai ravi de montrer ma crèche à Florent, et Marc fait les meilleurs caladons de la vallée !

Même si son invitation déplaisait à Louise – qui risquait de le trouver décidément très insistant –, le sourire radieux du petit garçon valait la peine de se faire rembarrer. Cependant, contre toute attente, la jeune femme hocha la tête.

— Vers cinq heures, d'accord, dit-elle en se détournant.

Grégoire et Marc regagnèrent la voiture pour reprendre la route de Fontvieille mais, à peine les portières refermées, Marc s'exclama :

— Ah, elle est bonne, celle-là ! Des caladons ? Tu crois vraiment que je vais te les fabriquer en deux minutes ?

— C'est toi le cordon-bleu, et il fallait que je trouve quelque chose à proposer.

— De ce côté-là, rien à redire, tu y as mis les formes.

Si c'était pour me faire plaisir, merci. Plus je vois cette femme, plus je la trouve belle.

Tout d'abord, Grégoire se tut, mais, au bout de quelques instants, il avoua, tout bas :

— Moi aussi.

— Quoi, toi aussi ? Elle te plaît ? Magnifique ! Nous n'avons pas été en rivalité depuis des lustres, voilà une occasion inattendue.

Il riait, apparemment réjoui à l'idée de se confronter à Grégoire, comme lorsqu'ils avaient quinze ans de moins.

— Ta soirée au théâtre t'a fait fantasmer, on dirait ? Parce que, avant, tu la trouvais odieuse, si je m'en souviens bien.

— Elle l'est sûrement, mais pour en être certain il faut d'abord la connaître un peu mieux. Je n'ai pas apprécié sa façon de me parler quand elle m'a quasiment accusé de trop m'intéresser à son fils, mais par la suite elle s'est excusée.

— Le soir où tu lui as servi de chauffeur ? Bon, ainsi tu as deux ou trois points d'avance sur moi, admettons. En tout cas, la partie reste ouverte, que le meilleur gagne !

Perplexe, Grégoire se concentra sur la route. Au contraire de Marc, il se sentait incapable de prendre les choses à la légère. Ce que Louise avait réveillé en lui ne ressemblait pas à un simple désir, ni même à un engouement passager. Pour l'instant, il attendait, surpris par ses propres réactions, par cet agacement excessif éprouvé tout à l'heure devant Xavier Pertuis, un beau blond content de lui, dont Louise ne portait pas le nom. Elle avait dû commencer sa carrière sous son nom de jeune fille et le conserver.

— Je crois qu'on a débarqué en plein drame, ils

étaient en train de s'engueuler, non ? Et le gamin devait le savoir parce qu'il était très pressé d'arriver.

— Tu l'aimes bien, ce gosse, constata Marc.

— Il me fait de la peine.

— De la *peine* ?

— Disons qu'il m'émeut. Mais c'est normal, chaque fois que je le vois, il a des problèmes. Il est perdu dans la nuit, il n'a pas de sapin de Noël, il tangue sur le vélo d'une vieille dame, habillé comme un clown... Et il a toujours l'air de vouloir appeler au secours sans oser le faire.

En le disant, il s'aperçut qu'il pensait à son enfance. Antonin avait fait tout son possible pour bien l'élever, mais il s'était souvent senti un petit garçon solitaire et différent des autres. Florent lui remettait en mémoire ses angoisses de gamin, de fils unique, ses élans incontrôlables qui le faisaient marcher dans les collines, parler à la lune, échafauder des folies de gosse.

— Te voilà bien songeur, s'amusa Marc. C'est si important que ça ?

— Peut-être que ça le deviendra.

— Oh... Bienvenue au club, j'ignorais que tu cherchais le grand amour !

L'incongruité de l'expression fit éclater de rire Grégoire.

— Je n'ai rien dit de tel. C'est ta quête perpétuelle, pas la mienne. Maintenant, si on veut avoir une table, dépêchons-nous un peu.

Il venait de se garer devant Le Patio, soulagé de pouvoir parler d'autre chose. Les questions insistantes de Marc avaient fini par le mettre mal à l'aise et il ne voulait pas savoir pourquoi.

Louise se retourna une fois encore, mais le sommeil la fuyait, elle ne parvenait pas à faire cette petite sieste dont elle aurait eu tant besoin. Résignée, elle abandonna la chaleur de sa couette et gagna la salle de bains. D'en bas lui parvenaient les bruits électroniques d'un jeu auquel Florent se livrait sur son téléphone portable. Le cadeau de Stéphane avait pour l'instant toutes ses faveurs, il pouvait passer des heures à fixer l'écran minuscule en appuyant fébrilement sur les touches, et sans doute serait-il très fier de l'exhiber devant ses copains à la rentrée des classes. Aurait-elle dû être la première à le lui offrir ?

Durant tout le déjeuner, ils avaient parlé de choses et d'autres, Florent se refusant à évoquer la visite de son père. Louise avait tenté de dédramatiser la situation, mais chaque fois qu'elle s'était risquée à prononcer le prénom de Xavier, Florent avait baissé le nez sur son assiette. Elle comprenait son chagrin, son amertume, néanmoins elle ne devait pas le laisser détester son père, c'était un sentiment impossible à gérer pour un petit garçon d'à peine dix ans.

Bien entendu, Fanélie avait réclamé des détails dès que Florent était allé jouer dehors. Ulcérée par le récit de Louise, la vieille femme avait eu des mots très durs pour Xavier, le traitant de père indigne et de méchant homme. L'était-il ? Sa manière d'avouer qu'il ne possédait pas la fibre paternelle avait été plutôt pathétique, mais il allait avoir un autre enfant, c'était tout à fait irresponsable.

S'examinant dans la glace, elle se trouva assez mauvaise mine pour justifier un peu de maquillage. Ce matin, elle avait été transparente pour Xavier, il ne l'avait jamais vraiment regardée, trop obnubilé par son Anne-Marie. Une scène risible si elle repensait à tout ce qu'elle avait imaginé de leurs retrouvailles. Juste après leur séparation, elle croyait encore qu'il reviendrait un jour, bourrelé de remords et toujours amoureux d'elle, que leur vie reprendrait son cours, que leur famille renaîtrait. Elle avait aussi supposé, à tort, qu'elle serait folle de joie de ce retour. Que d'illusions !

— Au moins, le chapitre est clos, la page est tournée, tu peux passer à autre chose, dit-elle à son reflet.

Ce qui ne signifiait pas qu'elle allait se jeter à la tête du premier venu – et surtout pas Grégoire Fabre. Quant à son ami Marc…

— Il doit bien y avoir une raison qui t'a fait accepter leur invitation, non ?

Marc avait beaucoup de charme, un gentil sourire, de plus c'était un bon médecin à en croire la guérison rapide de la main de Florent. Moins ours mal léché que Grégoire, il avait l'air d'un homme posé, affable, bref, le célibataire idéal puisqu'il ne portait pas d'alliance.

— Tiens, tu l'as remarqué ?

Elle mit une deuxième couche de mascara sur ses cils, un coup de blush sur ses pommettes, puis attacha ses longs cheveux en queue-de-cheval, laissant dépasser deux ou trois mèches folles sur son front. Grâce à son métier de comédienne, elle savait se mettre en valeur, et aujourd'hui elle en avait besoin pour oublier l'attitude blessante de Xavier.

— Un avocat, oui, mais je vais le payer comment ?

Même dans le cadre d'un divorce sans problème, elle allait devoir débourser des honoraires et régler immédiatement une provision dont elle ne possédait pas le premier euro. Le chèque laissé à contrecœur par Xavier devait-il servir à ça ? C'était d'une telle dérision qu'elle haussa les épaules et se détourna du miroir.

— À qui parlais-tu, m'man ? demanda Florent qui passait dans le couloir.

— Je parlais toute seule, mon chéri !

— Comme Fanélie ?

— Oh, comme tout le monde, je crois bien ! Est-ce que ça ne t'arrive jamais ?

Arrêté sur le seuil de la salle de bains, il la considérait d'un air ravi.

— Tu es drôlement belle...

Il devait apprécier le maquillage, ou la coiffure, à moins qu'il ne s'agisse de ce pull bleu ciel à col boule qu'elle venait d'enfiler.

— Il est l'heure d'y aller, non ? ajouta-t-il.

Déjà, le jour baissait, la nuit ne tarderait plus. Louise prit son blouson fourré et suivit Florent dans l'escalier.

— Tes idées à la noix ! Regarde-moi ces pauvres palets tout desséchés, il faudrait au moins un marteau-piqueur pour les entamer.

Consterné, Marc contempla la plaque du four où s'étalaient ses caladons.

— À mon avis, c'est la cuisson, ou bien j'ai mis trop d'amandes. J'ai le temps de recommencer ?

— Non. Il est presque cinq heures, fais vite autre chose, de préférence un truc simple dont tu maîtrises la recette !

— Des tartines ?

Ils pouffèrent ensemble, égayés par leur excellent déjeuner au Patio.

— Si tu ne trouves pas une solution de rechange, tu vas te ridiculiser, prédit Grégoire.

Prenant une décision rapide, Marc rouvrit le réfrigérateur, en sortit des œufs tandis que Grégoire s'affairait à préparer un plateau pour le thé.

— Ma parole, tu mets tes plus belles tasses ! Eh bien,

heureusement que personne ne nous voit, parce qu'on doit avoir l'air de deux vieux garçons affolés et empotés.

— Parle pour toi, je me sens très à l'aise, mentit Grégoire. Et prépare du chocolat chaud pour le gamin !

Il gagna le séjour où il disposa le couvert d'un goûter pour cinq, puis il alluma les lampes qui éclairaient la crèche, rajouta deux bûches dans le feu et alla tirer les rideaux afin de rendre l'atmosphère de la pièce plus douillette.

— Le thermomètre annonce moins cinq ! cria-t-il à Marc.

— Je m'en fous, je ne m'intéresse qu'au thermostat de ton four !

Ce début d'hiver était particulièrement rude et, à en croire les prévisions météo, d'importantes chutes de neige auraient lieu lors des prochains jours. Dans ces conditions, autant prévoir quelques travaux à l'intérieur, comme des étagères supplémentaires dans la bibliothèque où les livres n'arrivaient plus à trouver leur place. Avec une pointe de nostalgie, Grégoire se souvint de l'expression intriguée – mais pas réprobatrice – d'Antonin lorsqu'il voyait son petit-fils plongé dans un livre. Lui n'avait guère de temps à consacrer aux loisirs et se contentait de son mensuel sur la chasse ou du journal télévisé. « Ton bouquin, là, c'est pour tes études ? » finissait-il par demander. Et si Grégoire répondait qu'il ne s'agissait que de plaisir, le vieil homme restait sourcils froncés, dubitatif, mais sans faire de commentaire.

Deux aboiements brefs des chiens annoncèrent les invités, provoquant un bougonnement inaudible de Marc, du fond de sa cuisine. Grégoire ouvrit grand la porte, malgré le vent glacial qui s'engouffra aussitôt dans la maison.

— Oh, comme il fait bon chez vous ! s'exclama Fanélie avec un sourire épanoui.

Elle lui tendit un panier d'osier recouvert d'un torchon en ajoutant :

— J'avais fait des merveilles ce matin, alors on est passés les prendre, je ne voulais pas qu'elles soient perdues…

Plus réservée, Louise lui adressa simplement un petit salut. À côté d'elle, Florent n'osait pas bouger, impressionné par les deux grands bouviers qui venaient de faire leur apparition.

— Ne t'occupe pas tout de suite d'eux, dit-il au petit garçon. Ils vont juste te flairer une seconde, mais, à mon avis, ils se souviennent de toi. Dès qu'ils se mettront à battre de la queue, tu pourras les caresser si tu veux, ils sont très gentils.

— De belles bêtes, en tout cas, renchérit Fanélie.

La brave femme semblait décidée à faire assaut d'amabilités, peut-être pour compenser le silence de Louise.

— Installez-vous près du feu, proposa-t-il.

De lui-même, Florent s'était approché de la crèche, irrésistiblement attiré. Il tendit la main pour redresser un santon qui s'était renversé, mais son geste en fit tomber deux autres.

— Tu as le droit de les changer de place, lui dit gentiment Grégoire. Je les ai disposés un peu au hasard !

Il alluma l'ampoule minuscule qui éclairait le fond de l'étable et laissa le petit garçon à sa contemplation. Rejoignant Marc à la cuisine, il brancha la bouilloire.

— J'ai fait des meringues, elles sont en train de refroidir. Maintenant, je te laisse t'occuper du reste, je rends mon tablier.

Avec un clin d'œil, Marc s'éclipsa. Le plan de travail

et l'évier étaient en chantier, pourvu qu'aucune des deux femmes ne vienne jusqu'ici ! En attendant l'ébullition, Grégoire rangea un peu, réchauffa le chocolat, puis mit les feuilles de thé à infuser. Lorsqu'il revint dans le séjour, Fanélie, Louise et Marc avaient pris place autour de la table tandis que Florent, toujours fasciné, continuait à déplacer prudemment les santons tout en parlant à voix basse aux deux chiens qui s'étaient couchés à ses pieds.

— De quelle époque date cette maison ? demanda Louise.

Sa question, polie, ne contenait pas de réelle curiosité, néanmoins Grégoire prit la peine d'y répondre.

— Je sais seulement qu'une bonne dizaine de générations de Fabre s'y sont succédé, chacun la modifiant à son idée selon les besoins de l'exploitation. Mon grand-père avait encore un peu de goût pour le bétail, mais l'essentiel de l'activité était déjà centrée sur les fruitiers, et une partie des bâtiments ne servait plus. J'en ai profité pour effectuer de vraies transformations.

— La cuisine se trouve dans l'ancienne bergerie, précisa Marc.

— Après ton passage, ce serait plutôt une porcherie, railla Grégoire. En fait, le plus intéressant a été de récupérer le pigeonnier, qui offre un espace formidable.

— Vous êtes bricoleur ?

— Pas pour ce genre de travaux. À chacun son métier…

— Et les vaches seront bien gardées ! acheva Fanélie.

Elle sirotait son thé à petites gorgées, regardant autour d'elle avec curiosité. Ses distractions devaient être rares, et se retrouver dans la maison d'Antonin Fabre l'amusait sûrement. Elle connaissait presque tout le monde dans la région et avait sans doute entendu parler du grand-père.

— Il paraît que vous êtes une comédienne fantastique, déclara Marc pour changer de sujet.

— Merci du compliment, mais quand avez-vous eu l'occasion de…

— Greg vous a vue dans *Le Cid*, vous l'avez bluffé !

Embarrassé, Grégoire lança un regard assassin à Marc. Jamais il n'y aurait fait allusion lui-même et, quand Louise se tourna vers lui, il se sentit tout bête. Cette femme avait le don de le mettre mal à l'aise, d'autant plus qu'elle ne semblait pas vouloir se départir d'une sorte de défiance à son égard.

— Une belle représentation, qui m'a fait regretter de ne pas aller plus souvent au théâtre, réussit-il à bredouiller.

— C'est très aimable à vous.

— Il n'y a aucune amabilité là-dedans, croyez-moi.

Il l'avait dit de façon trop brusque, provoquant un léger mouvement de recul chez la jeune femme. Bon sang, qu'il était maladroit ! Tenait-il à tout prix à passer pour un rustre ? « Tu n'as pas l'art du compliment », remarquait volontiers Jane, d'un ton aigre, car elle adorait être encensée, habituée aux flatteries extravagantes de son père qui l'avait toujours traitée en princesse. Or Grégoire peinait à extérioriser ses sentiments, lui qui avait dû se contenter, dans le meilleur des cas, de l'approbation muette d'Antonin.

Abandonnant la conversation à Marc, qui discutait avec aisance du théâtre classique, il alla chercher les meringues et les déposa devant Fanélie, puis il rejoignit Florent.

— Ah, c'est très bien comme ça aussi ! s'exclama-t-il devant le nouvel ordonnancement des santons.

Le gamin les avait rangés en procession derrière le curé, et tout ce petit monde semblait suivre un étroit chemin descendant de la montagne.

— Tu as eu une bonne idée, moi, j'ai tendance à faire toujours un peu pareil chaque année.

Sous sa frange de cheveux blonds, le regard de Florent semblait éteint.

— Tu t'ennuies ? demanda doucement Grégoire.

— Non ! Pas du tout, non, mais j'ai chaud.

— Enlève ton pull. Tu veux un jus de fruits bien frais ? Je vais t'en préparer un.

Il repartit vers la cuisine au moment où Louise éclatait de rire, sans doute conquise par l'humour de Marc. Celui-ci avait bien précisé : « La partie reste ouverte. Que le meilleur gagne ! » Devait-il essayer de retourner la situation, d'obtenir l'attention de Louise à son tour ? Non, il avait passé l'âge de jouer au petit coq, il ne paraderait pas jusqu'à se rendre ridicule. Lorsqu'il revint avec une orange pressée agrémentée de deux glaçons, il trouva Florent endormi par terre, entre les deux bouviers. Louise ne s'était rendu compte de rien, Fanélie non plus.

— Viens boire ton thé avant qu'il ne soit froid ! lui lança Marc.

Sans doute voulait-il l'inclure dans la conversation, et Louise se tourna vers lui, souriante. Ses yeux étaient magnifiques, dessinés en amande et doux comme du velours. Comment ne l'avait-il pas remarqué dès le début ? Il lui rendit son sourire, et leurs regards restèrent accrochés l'un à l'autre l'espace d'un instant.

Mardi 30 décembre

Sans discontinuer, la neige était tombée toute la journée du lundi et, après une accalmie, presque toute la nuit. Le mardi matin, les collines et la vallée semblaient noyées sous une couche épaisse que le vent glacial durcissait.

À peine levée, Louise alla voir Florent qui avait eu beaucoup de mal à s'endormir, ronchon et un peu fiévreux. Durant son expédition du dimanche chez Fanélie, il avait dû s'enrhumer, pieds nus dans ses tennis. Elle le trouva réveillé, les cheveux plaqués sur le front, la couette remontée jusqu'au menton, et secoué de frissons. De mauvaise grâce, il prit sa température, tout en refusant le petit déjeuner que sa mère proposait de lui servir au lit.

— Tu as trente-huit cinq, constata-t-elle, je vais appeler un médecin.

Le plus simple était sans doute de téléphoner à Marc, même s'il ne pouvait pas se déplacer, il lui donnerait au moins quelques conseils. Elle joignit le cabinet, mais la secrétaire l'informa qu'en raison des conditions climatiques les visites se limitaient aux urgences. Sur Salon-de-Provence, il neigeait de nouveau, une véritable tempête.

— Le docteur vous contactera dès qu'il sera rentré, promit la secrétaire.

Après avoir raccroché, Louise alla se poster devant la fenêtre de la cuisine. Le ciel, sombre et chargé, annonçait le pire. Impossible de se lancer sur les routes avec un temps pareil, d'ailleurs la Polo était enfouie sous la neige. Avec un soupir résigné, elle fit chauffer un bol de lait auquel elle ajouta une cuillerée de miel, fouilla dans un tiroir pour trouver un tube d'aspirine, puis elle remonta au chevet de Florent.

— Avale un comprimé en buvant ça, mon chéri.

Deux taches rouges marbraient les joues du petit garçon, signe que la fièvre continuait à monter. S'agissait-il d'un simple refroidissement, d'une grippe ?

— Si je vais mieux cet après-midi, je pourrai faire de la luge, m'man ?

— Je ne crois pas.

— Même en me couvrant bien ?

— Non, vraiment.

S'il pensait à sa luge, c'est qu'il ne se sentait pas trop mal. Louise attendit qu'il ait fini son lait pour l'expédier dans la salle de bains.

— Prends une douche tiède, pas chaude à cause de la fièvre, et change de pyjama.

Tandis qu'il gagnait le couloir en traînant les pieds, elle en profita pour refaire le lit, mais, quand elle voulut aérer la chambre, elle fut surprise par le froid polaire et referma aussitôt la fenêtre. Restait-il assez de fuel dans la cuve ? L'idée de sortir et de devoir soulever la dalle de fer pour jauger le niveau était décourageante.

La sonnerie du téléphone la fit se précipiter en bas. C'était bien Marc, à qui elle résuma en quelques phrases l'état de Florent.

— Il avait déjà une petite mine dimanche, chez Greg,

rappela-t-il, mais ne vous alarmez pas trop, surveillez juste sa température. Si vous en avez chez vous, donnez-lui plutôt du paracétamol que de l'aspirine, et faites-le boire souvent. Je vous rappellerai en fin de journée pour avoir des nouvelles. Est-ce qu'il neige aussi chez vous ?

— Pas encore.

— Eh bien, ça ne devrait pas tarder, ici on se croirait dans une station de sports d'hiver ! Bon courage et à ce soir, Louise…

Il avait mis beaucoup de chaleur dans son prénom, presque de la tendresse, néanmoins il n'avait pas parlé de faire un saut jusque chez elle. L'avant-veille, lors de ce goûter improvisé, elle l'avait trouvé carrément charmant, cultivé, drôle. Peut-être un rien superficiel ?

Tout en se préparant du café, elle appela Fanélie pour s'assurer qu'elle ne manquait de rien et lui promettre qu'elle irait la chercher dès que le temps le permettrait. Puis elle s'installa à la table de la cuisine, le texte de la prochaine pièce ouvert devant elle. Les répétitions ne tarderaient pas à commencer, elle devait mémoriser les premières scènes.

Un peu plus tard, en relevant les yeux, elle constata que la neige tombait à gros flocons. Quel étrange hiver pour la Provence ! Après le Noël blanc tant désiré, ce froid de loup commençait à lui peser. Par bonheur, elle avait quelques provisions dans le congélateur, au moins de quoi faire un bon dîner demain soir pour fêter la nouvelle année, ainsi qu'une série de conserves et de légumes secs que Fanélie lui avait conseillé d'acheter à l'automne. « Quand on habite une maison aussi isolée, il faut prévoir les impondérables. »

Elle tourna une page et s'aperçut que ses mains étaient glacées. Le plus simple pour réchauffer la cuisine revenait à allumer le four en laissant la porte ouverte. Elle pouvait aussi faire une bonne flambée dans la cheminée du séjour, mais les bûches se trouvaient dans le cabanon et, décidément, elle n'avait aucune envie de sortir. Oui, habiter une maison isolée posait des problèmes, et sans doute Louise n'aurait-elle pas fait ce choix si Xavier ne s'était pas montré aussi enthousiaste, à l'époque. Mais, avec un homme à ses côtés, elle n'avait vu que les avantages : un jardin pour Florent, un paysage de collines bleutées à l'infini, le chant des cigales et l'odeur de la lavande. Une chaumière et un cœur. De toute façon, leur budget ne leur permettait pas autre chose. Et puis, une fois bien retapée, rien ne les empêcherait de la revendre pour se rapprocher d'Arles, par exemple. Pris d'un coup de cœur pour cette vieille bâtisse aux volets bleus, Xavier avait délibérément minimisé ses inconvénients. Un de ses engouements impérieux – mais éphémères, l'avenir l'avait prouvé – qui le galvanisaient.

Aujourd'hui, avec toute cette neige qui amplifiait l'impression de solitude, avec ce silence ouaté alentour, Louise se sentait vraiment à l'écart du monde. Elle ne possédait pas la notoriété suffisante pour qu'on vienne la chercher dans son trou perdu et, d'ici un an ou deux, lorsque Florent irait au collège, la situation se compliquerait encore. Ne devait-elle pas envisager d'aller vivre en ville, dans un appartement ?

Dehors, la lumière était en train de baisser alors que midi n'avait pas encore sonné au cartel. Louise se leva, alluma la suspension et brancha le four. Florent aurait-il assez d'appétit pour déjeuner ? Il détestait la soupe, mais une purée saupoudrée de fromage râpé le tenterait peut-être. Durant quelques instants, elle prêta l'oreille sans entendre le moindre bruit. Son petit garçon devait dormir, fatigué par la fièvre.

S'approchant de la fenêtre, elle vit que les flocons tourbillonnaient toujours en rangs serrés, poussés par le vent. Un moment, elle resta immobile, hypnotisée par toute cette neige dont la couche épaississait à vue d'œil. Si Florent n'avait pas été malade, ils auraient pu faire une bataille de boules, construire un bonhomme armé d'un balai, ou prendre la luge pour faire des glissades au pied de la colline, bref s'amuser un peu. Jusqu'ici, le pauvre gamin n'avait pas beaucoup profité de ses vacances de Noël. Et dans ces conditions, le mas, les chiens, la fabuleuse crèche de Grégoire Fabre avaient de quoi le séduire !

Elle travailla encore un peu, puis, songeant à la note d'électricité, elle éteignit le four, ramassa le texte de la pièce et remonta jusqu'à sa chambre. En passant, elle jeta un coup d'œil sur Florent endormi, une bande dessinée abandonnée sur son drap. Après avoir effleuré d'une main légère son front, qui lui parut moins brûlant, elle repartit sur la pointe des pieds.

Dans le courant de l'après-midi, elle parvint à apprendre les deux premières scènes, dont une tirade d'une page entière particulièrement difficile à mémoriser. Ensuite elle appela Stéphane pour discuter un peu de leurs personnages respectifs. Malheureusement il se trouvait à Marseille, chez des amis, et n'avait pas encore ouvert le texte.

À cinq heures, alors que la nuit s'installait, la neige cessa enfin de tomber, mais le vent redoubla d'intensité. Florent descendit regarder un dessin animé, emmitouflé dans un plaid, et Louise décida de préparer une pâte à crêpes. Juste comme elle posait la poêle sur une plaque, la lumière s'éteignit.

— Maman ? appela Florent depuis le séjour.

— N'aie pas peur, mon ange, c'est une coupure d'électricité ! Je vais chercher des bougies, ne bouge pas.

L'obscurité était si absolue que Louise se cogna contre la table alors qu'elle croyait se diriger vers les placards. Elle jura entre ses dents, repartit dans l'autre sens, les mains en avant.

— Tu trouves, m'man ?

La voix inquiète de Florent exprimait sa peur du noir, une crainte dont il ne s'était jamais débarrassé.

— Je crois que Fanélie les range avec les serviettes en papier. Là, j'y suis, je les tiens !

À tâtons, elle récupéra quatre bougies et une boîte d'allumettes, saluant mentalement l'ordre méticuleux de Fanélie.

— Je te rejoins, mon poussin !

La première bougie allumée, elle se hâta de gagner le séjour ; Florent était toujours assis, devant le téléviseur éteint.

— Eh bien, c'est formidable, nous allons avoir une soirée aux chandelles ! s'exclama-t-elle gaiement.

— Et le chauffage ?

Même un enfant d'à peine dix ans avait plus d'esprit pratique qu'elle ! Avec un grand sourire, elle lui ébouriffa les cheveux.

— Bravo d'y penser, en effet la chaudière ne peut pas fonctionner. Mais les pannes ne durent jamais bien longtemps, ce sera rétabli en moins de deux !

Du moins l'espérait-elle. En bout de ligne, ils subissaient parfois de petites coupures durant quelques minutes, au pire une heure, rien de terrible. Sauf si… Si des câbles avaient cédé sous le poids de la neige ou tout autre incident grave lié au gel, au vent violent ? Bon, autant ne pas y penser pour l'instant.

— Est-ce que la porte est fermée à clef, maman ?

— Bien sûr, mon chéri, mais je vais m'en assurer, à tout hasard.

Elle installa les trois bougies dans un chandelier de cuivre qu'elle posa au centre de la table puis, munie de la quatrième, elle alla vérifier. Pourtant, à quoi servait de la verrouiller alors que les volets n'étaient pas clos ? Peu craintive de nature, Louise oubliait un soir sur deux de les fermer, et, à présent, la neige accumulée sur tous les rebords des fenêtres rendait l'opération pénible.

— Tu vas faire du feu, m'man ?

— Absolument.

Oui, elle devait allumer la cheminée avant que la maison ne se refroidisse, et donc aller chercher ces satanées bûches dans le cabanon.

— Flo, je dois sortir pour aller chercher une provision de bois, d'accord ?

— Je vais t'aider.

— Il n'est pas question que tu mettes le nez dehors. Tu es malade et il fait horriblement froid !

Ignorant ses protestations, elle enfila son blouson fourré, ses gants, puis décrocha la lampe torche pendue à côté de la porte. Encore une heureuse initiative de Fanélie !

— Pendant ce temps-là, essaie d'appeler Fanélie avec ton portable. Si elle ne répond pas, c'est que le courant est coupé là-bas aussi. À tout de suite, mon amour.

Dès qu'elle ouvrit la porte d'entrée, elle mesura les difficultés qui l'attendaient. Devant la maison, la neige accumulée se transformait en tas de glace sous l'effet du vent. Dérapant et trébuchant, Louise rejoignit le cabanon dont la porte s'ouvrait vers l'extérieur. Pour pouvoir la tirer, elle devait d'abord déblayer.

— Avec quoi ? Et merde…

Pelle et autres outils étaient rangés avec les bûches, bien entendu. Louise s'agenouilla et commença à repousser de ses mains le paquet de neige durcie, la torche posée à côté d'elle.

— Maman ? l'appela Florent depuis le seuil de la maison.

— Rentre immédiatement !

— Mais tiens, prends ça ! cria-t-il en lui lançant la pelle en plastique de la cuisine.

Tandis qu'il claquait la porte, elle ne put retenir un sourire. Adorable petit garçon ! Empoignant la pelle, elle se mit à déblayer, plus efficacement cette fois, jusqu'à ce que le manche casse net.

— Bon, ça ira comme ça…

Tirant de toutes ses forces, elle parvint à ouvrir suffisamment la porte pour se glisser à l'intérieur, sa torche à la main. Dans un coin du cabanon, il restait une quinzaine de grosses bûches ainsi qu'un sac de petit bois, de quoi alimenter la cheminée au moins vingt-quatre heures.

— Oui, mais s'ils n'ont pas réparé d'ici demain soir ?

L'idée de réveillonner d'un repas froid dans une maison sans chauffage n'était guère réjouissante. Pas plus que celle de devoir prendre une douche glacée. Et tout ça avec un enfant malade !

Elle sortit les bûches une par une, puis elle referma la porte du cabanon et remit le loquet. L'effort l'avait fatiguée, néanmoins elle les transporta l'une après l'autre jusqu'à la façade de la maison. Le bas de son jean était trempé et, malgré ses gants, ses doigts s'engourdissaient.

Florent l'attendait debout dans le vestibule. Têtu, il avait mis son anorak et il l'aida à tout rentrer.

— Une bonne chose de faite ! soupira-t-elle. Maintenant, on va s'organiser, et que la lumière revienne ou pas, on sera parés.

Elle exigea qu'il retourne s'allonger sur le canapé, le plaid autour des épaules, tandis qu'elle préparait la flambée. Avoir laissé la porte ouverte cinq minutes avait déjà refroidi l'atmosphère, aussi fut-elle soulagée de voir enfin des flammes s'élever.

— Fanélie ne répond pas, annonça Florent.

Les dégâts sur les lignes étaient peut-être assez importants, mais dans ce cas EDF allait envoyer une équipe de techniciens afin de réparer au plus vite. D'ici là, ainsi qu'elle l'avait affirmé, ils devaient faire face. Reprenant la torche, elle monta se changer. Après avoir enfilé des vêtements chauds et confortables, elle prit un pull supplémentaire pour Florent, une grosse paire de chaussettes et le thermomètre. Puis elle descendit, raccrocha la torche à sa place et partit inventorier les placards de la cuisine. Hormis les six grandes bougies rouges achetées en prévision du réveillon, elle ne trouva qu'une dizaine de bougies chauffe-plat parfumées à la citronnelle.

— Pas de quoi faire un feu d'artifice…

Quant au dîner, elle n'aurait qu'à mettre des pommes de terre à cuire sous la cendre, mais impossible de se faire une boisson chaude, hélas ! En furetant un peu partout, elle dénicha aussi une boîte de Dafalgan dans laquelle il restait trois gélules.

Lorsqu'elle revint dans le séjour, Florent lui tendit le thermomètre qui indiquait trente-huit six.

— Tu me laisseras venir dans ton lit, cette nuit ? demanda-t-il d'un ton hésitant.

— Bien sûr ! On se tiendra chaud. D'ailleurs, je rajouterai un édredon sur la couette.

— Et on gardera une bougie ?

— C'est dangereux, mon chéri. Mais tu ne crains rien avec moi, et je te raconterai des histoires pour t'endormir.

Pourquoi son petit garçon avait-il si peur du noir ? Il était capable de toutes sortes de courage, alors que l'obscurité le tétanisait.

Un craquement sinistre les fit sursauter ensemble. Le bruit provenait du dehors, mais il ne se reproduisit pas.

— Une branche a dû casser… Ce gel est une catastrophe pour les arbres !

— Pauvre Grégoire, les siens vont souffrir, remarqua Florent.

— Eh bien, je crois que les oliviers sont fragiles, mais pour les amandiers et les figuiers, je ne sais pas.

Comme elle n'avait aucune envie de parler de Grégoire, elle proposa une partie de Monopoly.

— Tu l'aimes bien, toi, Grégoire ? insista Florent tout en triant les billets de la banque et les cartes de propriété.

— Je le trouve un peu… brusque. Taciturne. En revanche, c'est un bon voisin, il est serviable.

Sa réponse parut décevoir Florent. Depuis le jour où Fabre l'avait sauvé, il ne jurait plus que par lui, c'était logique. Et la visite de son père n'avait rien arrangé.

Un nouveau bruit, impossible à identifier, fut suivi d'un choc sourd. Louise s'approcha d'une fenêtre, mais l'obscurité étant trop dense au-dehors, elle ne vit rien d'autre que son propre reflet dans les vitres noires.

— Quelque chose est tombé, expliqua-t-elle. Peut-être un paquet de neige du toit.

À aucun prix elle ne devait montrer à Florent son malaise naissant.

— On va se mettre un fond sonore, décida-t-elle.

Le vieux transistor à piles de Fanélie traînait sur le buffet, et Louise chercha une station musicale. La soirée risquait d'être longue, la nuit aussi.

À onze heures moins le quart, Louise ne dormait toujours pas. Près d'elle, Florent avait fini par sombrer dans un sommeil agité, exigeant qu'elle n'éteigne pas la bougie. Afin d'éviter tout risque d'incendie, elle l'avait placée dans un photophore dont le fond était rempli d'eau et, finalement, cette faible lumière la rassurait elle aussi.

Après la partie de Monopoly, interminable, ils avaient mangé les pommes de terre cuites sous les braises, avec de la crème fraîche et de petits fromages de chèvre. Puis ils étaient montés se coucher. La température de la chambre ne dépassait pas onze ou douze degrés. Et on pouvait s'attendre à pire le lendemain. Mais que faire ? Si EDF ne réparait pas les lignes d'ici quelques heures, la dernière journée de l'année menaçait d'être une véritable épreuve. Fallait-il dégager la voiture, essayer de la démarrer ? Les routes seraient sans doute salées, mais pas le long chemin qui y menait et où elle patinerait immanquablement pour finir dans une congère. Et puis, où aller ? Si Fanélie était privée d'électricité elle aussi, le problème resterait entier. Bien qu'un peu de compagnie et la proximité du village soient tentants…

Florent se retourna, grinça des dents, émit un petit gémissement puis s'apaisa. Le Dafalgan avait fait baisser la fièvre, son front était tiède. Pour l'instant ! Là encore, Louise aurait dû se montrer plus prévoyante, il n'y avait quasiment aucun médicament dans l'armoire à pharmacie. À sa décharge, ce mois de décembre était particulièrement glacial et les chutes de neige exceptionnelles.

Si Florent avait été en pleine forme, peut-être auraient-ils pu rire ensemble du camping improvisé et se prendre pour des aventuriers du Grand Nord. Au lieu de quoi, Louise commençait à s'angoisser pour de bon. Privées d'électricité et de téléphone, les quelques maisons isolées de la vallée ne devenaient-elles pas des cibles de choix pour des rôdeurs mal intentionnés ? Les journaux étaient remplis de ce genre de faits divers, ça n'arrivait pas forcément qu'aux autres.

Ainsi qu'elle l'avait fait cent fois déjà, elle prêta l'oreille avec attention, mais il n'y avait rien à entendre. Tout ce qu'elle percevait, entre deux sifflements du vent, était le bruit du cartel, en bas. Sur sa table de chevet, son téléphone portable lança un signal sonore indiquant que la batterie faiblissait. Se redressant sur un coude, elle chercha des yeux le portable de Florent. S'il avait beaucoup joué avec, avait-il pensé à le recharger à un moment ou à un autre avant la panne d'électricité ? La perspective de se retrouver totalement coupée du monde affola Louise. Sans bruit, elle se leva, mit aussitôt sa robe de chambre et ses chaussons, puis elle gagna la fenêtre. Comme il n'y avait ni lune ni étoiles, elle ne pouvait toujours rien voir du dehors. À quelle heure ferait-il jour ?

« Bon sang, je me damnerais pour une tasse de thé ! »

Micro-ondes, bouilloire et cuisinière électriques : rien n'était prévu pour se passer de courant. Elle songea à la cheminée, en bas, où les dernières braises devaient rougeoyer. En posant une grille sur les chenets, et une casserole d'eau sur la grille…

Parcourue d'un long frisson, elle alla se recoucher. De toute manière, elle ne voulait pas descendre et laisser Florent seul s'il se réveillait. Et l'idée du rez-de-chaussée obscur et froid la rebutait.

« Est-ce que tu aurais la trouille, ma pauvre ? »

Si ce n'était pas de la peur, ça y ressemblait. Angoisse nocturne. Rien que de très normal pour une jeune femme seule confrontée à une situation imprévue. Elle ferma les yeux en essayant de penser à des choses agréables. Par exemple ce rôle qu'elle apprenait et qui allait la faire remonter sur scène, retrouver l'ambiance des répétitions, sa loge au théâtre, les petits bistrots entre comédiens…

Quelque chose venait de frôler une vitre du rez-de-chaussée qui vola en éclats, la faisant se redresser brusquement. Au même instant, son portable émit un bip sinistre.

— Maman, chuchota Florent, c'était quoi, ce bruit ?

— Tu es réveillé, mon prince ?

— J'ai mal à la gorge.

— Tu veux que j'aille te chercher du miel ?

— Non, reste avec moi !

L'espace d'une seconde, Louise envisagea de tirer la commode devant la porte, pour se sentir plus en sécurité, mais c'était sans doute le meilleur moyen de paniquer son petit garçon.

— Où est ton portable, Flo ?

— Dans ma chambre, mais il n'a plus de batterie.

Exactement ce qu'elle redoutait. Si elle ne prenait pas une décision maintenant, d'ici peu, elle n'aurait plus le choix.

— Bon, écoute-moi. Nous allons…

Un épouvantable fracas de verre brisé l'interrompit net. Le cœur battant la chamade, elle quitta le lit d'un bond, prête à défendre son fils contre n'importe qui. Elle n'avait aucune arme dans sa chambre, juste la torche qu'elle avait pris soin de monter, dont elle s'empara d'une main ferme. Les yeux rivés sur la porte, elle attendit presque une minute, s'obligeant à inspirer calmement.

— Maman…, lâcha Florent dans un souffle.

— Chut !

Dans le silence qui suivit, elle perçut le bruit du vent qui cernait toujours la maison, rien d'autre. Si quelqu'un était entré par effraction, il prenait soin de se déplacer en silence. Après avoir cassé si bruyamment une vitre, ça n'avait pas de sens. Mais qu'est-ce qui était sensé, cette nuit ?

Sur le qui-vive, Louise attendait, incapable de prendre une décision. Où était-elle le moins vulnérable ? Coincée dans cette chambre ? Avant que son portable ne rende l'âme, elle pouvait appeler les gendarmes, sauf qu'elle ne saurait pas quoi leur raconter. Un bruit de verre pouvait s'expliquer de mille façons.

Ses doigts glacés serraient convulsivement la torche. Elle *devait* faire quelque chose. Descendre ? Rester là, le bras levé ? Il n'était même pas minuit, elle n'allait pas monter la garde jusqu'à l'aube en imaginant des scénarios d'horreur qui finiraient par la rendre folle.

— Il faut que j'aille voir ce qui se passe.

— Non !

Le cri étranglé de Florent lui serra le cœur. C'était son fils, un petit garçon qui n'avait que sa mère pour le défendre. Plus elle céderait à la panique, plus elle le terroriserait.

— Tu vas venir avec moi, décida-t-elle.

De sa main libre, elle saisit son portable qu'elle glissa dans la poche de sa robe de chambre.

— Tu restes derrière moi, d'accord ?

— Mais s'il y a quelqu'un…

Cessant de fixer la porte, elle se tourna vers lui, esquissa un sourire qu'elle espérait encourageant.

— Sincèrement, chéri, je ne le crois pas. Qui veux-tu qui vienne jusqu'ici, et pourquoi ?

— Un cambrioleur !

— Tu regardes trop la télé. Qui, d'ailleurs, est très vieille, et n'intéresserait aucun cambrioleur. S'il y en avait un, il est reparti tout déçu ! Allez, couvre-toi, mets tes chaussons.

Elle attendit qu'il soit prêt, continuant en vain à guetter les bruits. Prenait-elle la bonne décision en leur faisant quitter la chambre ?

— Je te suis, maman, dit Florent d'une petite voix résolue.

À présent, elle ne pouvait plus reculer. La torche faillit glisser de sa main quand elle l'alluma, et elle s'aperçut qu'elle était couverte d'une sueur glacée. Il était vraiment temps de bouger avant de se mettre à trembler !

Dès qu'elle sortit sur le palier, elle en éclaira méticuleusement tous les coins. Puis elle se dirigea vers l'escalier, l'examina en promenant le faisceau lumineux sur chaque marche avant de se mettre à descendre, Florent derrière elle. Parvenue dans le vestibule, elle marqua un temps d'arrêt, l'oreille aux aguets. Au bout de quelques instants, elle sentit un courant d'air froid en provenance de la cuisine et qui glaçait ses chevilles. Sans hésiter, elle avança dans cette direction et s'immobilisa sur le seuil.

— Ah, d'accord…

Le soulagement lui amena d'un coup les larmes aux yeux. Un long morceau de branche cassée reposait sur la paillasse de l'évier, au milieu d'éclats de verre. En cédant sous la force du vent ou le poids de la glace, la branche avait percuté et brisé la vitre de la fenêtre. Une flaque d'eau s'étendait sur le carrelage, tandis que des flocons commençaient à former un petit tas de neige près des robinets.

— Nous avons l'explication, mon lapin !

Mais pas la solution à ce nouveau désastre. Le froid qui régnait dans la cuisine ne tarderait pas à gagner tout le rez-de-chaussée. Y avait-il quelque part un carton assez grand et suffisamment de ruban adhésif pour occulter ce trou béant ?

— Je crois qu'il est temps de demander de l'aide, marmonna-t-elle en fouillant sa poche.

Elle n'y avait même pas réfléchi, elle savait seulement qu'elle n'en supporterait pas davantage. De façon machinale, elle sélectionna un numéro dans le répertoire de son portable.

— Bonsoir, c'est Louise, je suis navrée de vous réveiller, je… Vous ne dormiez pas ? Tant mieux. Voilà, je n'ai presque plus de batterie et des ennuis par-dessus la tête… Allô ? Je crois que ça va couper ! Écoutez, Florent est malade, il y a une fenêtre en mille morceaux, je n'ai pas de chauffage et pas de…

Le portable venait de s'éteindre, en plein milieu de sa phrase.

— Tu appelais Grégoire, maman ?

— Oui, soupira-t-elle. Mais je ne suis pas sûre qu'il ait tout entendu.

— Il va venir ! affirma joyeusement Florent.

Lui n'en doutait pas un instant, alors qu'elle se

demandait à quel moment la communication avait été coupée. Fabre avait-il eu le temps de comprendre ?

— À tout hasard, décida-t-elle, on monte s'habiller et on fait un petit sac. Mais peut-être qu'il ne pourra pas…

— Dépêchons-nous, il roule vite !

— Sur cette banquise, tout le monde roule au pas, répliqua-t-elle d'un ton péremptoire.

Néanmoins, elle rejoignit Florent qui trépignait. Une fois qu'ils furent chaudement vêtus, elle prépara une trousse de toilette, prit son sac à main et souffla la bougie de la chambre. Ils eurent à peine le temps de redescendre que, déjà, des phares balayaient la façade de la maison.

Grâce à un générateur, il y avait du courant dans le mas de Grégoire. Pour ne pas l'utiliser inconsidérément, il s'était contenté de brancher son réfrigérateur et sa cuisinière, éclairant la maison avec des lampes à pétrole.

— Mon grand-père les collectionnait, j'en ai descendu une pleine caisse du grenier et j'en ai posé partout !

La chaudière à bois ronronnait, il faisait bon dans toutes les pièces, y compris dans la vaste chambre d'amis où il venait d'installer Louise et Florent avec une pile de draps, de couvertures, de serviettes.

— Aucun problème d'eau chaude si vous voulez prendre un bain… Mais vous avez peut-être faim ?

Avant que Louise ait pu répondre, prête à décliner l'offre, Florent accepta avec enthousiasme ce souper inattendu.

— Je n'ai presque rien mangé de la journée, plaida-t-il en croisant le regard contrarié de sa mère.

Grégoire esquissa un sourire amusé et les conduisit à la cuisine.

— Le mieux est que je vous laisse faire, dit-il à Louise, le frigo est plein. Moi, pendant ce temps-là, je vais retourner chez vous réparer la fenêtre.

— Non, vous plaisantez ?

— On ne peut pas laisser votre maison ouverte aux quatre vents. Avec un morceau de contreplaqué et quelques clous, ce sera vite fait. Par la suite, vous ferez venir un vitrier, mais entre l'état des routes et le 1er janvier qui est férié, personne ne vous dépannera avant deux ou trois jours. D'ici là, votre intérieur risquerait de se transformer en igloo !

Il avait remis sa parka tout en parlant, et il ajouta gaiement :

— J'ai un petit creux moi aussi, voyez grand pour le menu !

Éberluée, Louise lui tendit ses clefs puis le regarda sortir. À une heure du matin, elle se retrouvait dans une cuisine inconnue, chargée de concocter un dîner ! Certes, c'était beaucoup plus agréable que tout ce qui avait précédé, mais elle se sentait un peu sur la défensive, comme à chaque fois avec cet homme.

Une lampe à pétrole était posée sur le rebord de la fenêtre, trois autres le long d'un plan de travail, et la dernière sur la table. L'éclairage était doux, chaleureux, et très suffisant pour préparer quelque chose. Elle inspecta d'abord le réfrigérateur où elle trouva de la crème fraîche, des œufs et des lardons.

— S'il a un paquet de pâtes, je vais nous faire des spaghettis carbonara, marmonna-t-elle.

Aussitôt, Florent se crut autorisé à ouvrir tous les placards.

— Oui, y en a, m'man ! Tu veux que je mette le couvert ?

— D'accord, mais débrouille-toi pour ne rien casser.

Son petit garçon aurait dû être en train de dormir. Où en était sa fièvre, son mal de gorge ? Inutile de lui en parler pour l'instant, il ne l'écouterait évidemment pas, trop surexcité par la situation.

— T'as vu les chiens, maman ? Ils nous surveillent de près !

Les deux bouviers, assis côte à côte sur le seuil de la buanderie, les observaient en battant de la queue. Sans la moindre appréhension, Florent alla les caresser, absolument ravi de la tournure prise par la soirée. Au moins, il aurait des choses à raconter à ses copains, à la rentrée !

— Pourquoi on n'en aurait pas un, de chien ?

— Parce qu'il faut s'en occuper, mon chéri.

— Je m'en occuperai, moi !

Sur le point de répliquer, elle se tut. En effet, rien ne s'opposait vraiment à la présence d'un animal chez eux. Un chien de garde serait même le bienvenu, à en croire l'expérience qu'ils venaient de vivre. Quelques années plus tôt, Xavier avait prétendu n'aimer ni les chiens ni les chats mais, après tout, il n'aimait pas les enfants non plus ! Et, désormais, son avis n'entrait plus en ligne de compte, Louise était libre de faire ce qu'elle voulait.

Surprise de découvrir une batterie de cuisine ultramoderne et de très nombreux ustensiles, elle choisit un grand faitout pour mettre de l'eau à bouillir. L'atmosphère chaleureuse et confortable de la maison la mettait de bonne humeur, aussi se surprit-elle à siffloter tout en cherchant du gros sel.

Mercredi 31 décembre

— C'est bien ennuyeux, jubila Grégoire.

Son interlocuteur se lança dans des explications dont il n'écouta pas un mot. Savoir que les lignes ne seraient pas rétablies avant au moins vingt-quatre heures était vraiment une bonne nouvelle pour lui. Louise et Florent allaient donc rester coincés ici jusqu'au lendemain, réveillon compris !

Il remercia l'employé des services techniques et mit fin à la communication. Pour l'instant, il n'avait perçu aucun signe de vie en provenance de la chambre d'amis, mère et fils devaient récupérer des fatigues de la veille et feraient sans doute la grasse matinée. Il avait tout son temps.

Abandonnant la quiétude de l'ancien pigeonnier où était installé son bureau, il gagna la cuisine et laissa un mot en évidence sur la table avant de sortir. Il gelait à pierre fendre, mais au moins il ne neigeait plus et le vent s'était calmé. En examinant le ciel plombé, Grégoire estima que les intempéries n'étaient pourtant pas terminées. D'ailleurs, le vieux baromètre d'Antonin était toujours au plus bas. Il démarra le Land Rover garé à l'abri de la grange et prit la route de Mouriès. À peine réveillée, Louise se préoccuperait sans doute du sort de

Fanélie, autant régler le problème maintenant et en profiter pour faire quelques courses au village.

L'année qui s'achevait ce soir lui apportait, in extremis, un drôle de cadeau : il était en train de tomber amoureux ! Bénédiction ou malédiction ? Avait-il envie de sentir son cœur battre, de s'embrouiller dans ses phrases comme un collégien, de guetter désespérément un regard ou un sourire ?

Les roues du 4 × 4 mordaient la glace tandis qu'il réfléchissait. Louise s'était montrée très reconnaissante pour son intervention, mais surtout à cause de Florent, affirmant qu'elle n'aurait jamais appelé en pleine nuit si elle avait été seule en cause. « Je vous ai mis à contribution une fois encore, je suis confuse. » Des paroles polies, sans plus, pas de sympathie ou de complicité dans ces remerciements. Ils avaient discuté tout en dévorant les spaghettis, et elle avait trouvé moyen de parler deux fois de Marc…

Arrivé à Mouriès, il s'arrêta d'abord chez Fanélie, avec qui il bavarda un moment, ensuite il fit halte cours Paul-Révoil pour se rendre à l'épicerie Fadda puis à la boulangerie de la Toison d'or. Partout, on ne parlait que de la coupure de courant, du pylône effondré qui avait occasionné les dégâts, de la mairie qui ouvrait ses portes aux plus démunis en organisant un réfectoire et un dortoir. Quant au réveillon de ce soir, il se trouvait bien compromis, d'ailleurs, il n'y avait plus une seule bougie à vendre dans tout le village.

Repartant par la route de Salon, Grégoire aperçut l'enseigne d'un fleuriste et, après une brève hésitation, il se gara pour acheter vingt et une roses qu'il paya un prix fou.

— Dieu que tu auras l'air bête avec ton bouquet, mon

pauvre gars ! maugréa-t-il à plusieurs reprises sur le chemin du retour.

Depuis combien de temps n'avait-il pas offert de fleurs à une femme ? Et sous quel prétexte comptait-il le faire ? Peut-être pourrait-il les mettre directement dans un vase qu'il déposerait dans la chambre de Louise à un moment où elle ne s'y trouverait pas ?

Lorsqu'il ouvrit la porte de chez lui, une bonne odeur de pain grillé l'accueillit. La jeune femme était en train de préparer le petit déjeuner. Elle était ravissante avec ses longs cheveux encore mouillés et son gros col roulé chiné.

— J'ai refait du café, déclara-t-elle en le débarrassant du pain. Florent dort toujours, il est un peu chaud mais je crois que ça va. Vous êtes très matinal !

— Je viens de Mouriès, je suis passé voir Fanélie. Elle ne manque de rien, entre sa cuisinière à gaz et son poêle à bois, mais elle se faisait du souci pour vous. Comme elle héberge sa cousine, ainsi qu'une voisine, elles vont se mitonner un bon dîner. C'est vraiment une vieille dame formidable.

— En réalité, elle n'est pas très âgée, mais depuis vingt ans qu'elle est veuve, elle ne fait pas attention à son apparence. Vous êtes un amour d'avoir pensé à vous arrêter chez elle.

L'expression amena une brusque chaleur aux joues de Grégoire qui se détourna, gêné. Il posa le bouquet sur un plan de travail, le considéra une seconde puis ôta le papier cellophane. Avec des gestes précis, il recoupa les tiges en biseau, ôta quelques feuilles, installa les fleurs dans un grand vase.

— Voilà, dit-il sans se retourner, ce sera pour égayer un peu votre chambre… parce que je crois que vous allez être obligée de rester ici. D'après les services techniques, EDF n'est pas en mesure de réparer les lignes avant demain ou après-demain.

Il se décida à lui faire face et surprit sa mimique contrariée.

— Mais peut-être aviez-vous d'autres projets ? se dépêcha-t-il d'ajouter. Si vous voulez que je vous conduise chez des amis ou…

— Non, non ! Je n'avais rien de prévu, absolument rien.

Elle se laissa tomber sur une chaise, l'air soudain accablé.

— Vous savez, je ne connais pas beaucoup de gens. Les comédiens bougent énormément, on n'a pas le temps de nouer des relations suivies. Mes rares amis sont loin.

— Vous n'êtes pas de la région ? s'étonna-t-il.

Un reste d'accent chantant la trahissait, bien qu'elle ait dû chercher à le gommer.

— Je suis originaire de Montpellier.

— Vous y avez de la famille ?

— Non, plus maintenant. J'ai perdu mon père très jeune, et ma mère il y a cinq ans. Quand nous sommes venus nous installer ici, avec mon mari et mon fils, nous étions trop occupés par nos métiers respectifs et par les travaux de la maison. Nous n'avons pas pris le temps de rencontrer nos voisins. La preuve, j'ignorais votre existence alors que nous ne sommes pas si loin l'un de l'autre !

D'un hochement de tête, il l'encouragea à continuer.

— En ce moment, avoua-t-elle, ma vie est un peu chaotique.

— Et la panne de courant représente la goutte d'eau qui fait déborder le vase ?

— On peut dire ça comme ça, oui. Ces derniers jours

ont été difficiles. Ces derniers mois aussi ! Mais je ne me plains pas, il y a plus malheureux que moi.

L'instant des confidences semblait passé, elle venait de se reprendre. Pour la mettre à l'aise, il lâcha, avec un large sourire :

— En tout cas, aucun souci pour ce soir, on se fera un petit dîner de gala, il faut bien fêter la nouvelle année !

— Vous n'aviez rien de prévu non plus ? s'étonna-t-elle.

— Si, mais vu l'état des routes… J'étais invité chez les parents de Marc, qui habitent Aigues-Mortes et, franchement, c'est trop loin. Je vais d'ailleurs appeler Marc, je ne crois pas qu'il veuille prendre la route lui non plus. S'il préfère se joindre à nous, au besoin j'irai le chercher, le Land Rover passe partout.

Il la vit se mordre les lèvres pour ne pas répondre trop vite. La perspective d'avoir la compagnie de Marc paraissait la réjouir davantage qu'un tête-à-tête avec lui.

— Je me sentirais rassurée s'il peut jeter un coup d'œil sur Florent, dit-elle gentiment.

Était-ce pour le ménager ? Pensait-elle qu'il allait se vexer de l'intérêt qu'elle portait à Marc ?

— Ne vous inquiétez pas, je ne suis pas susceptible, dit-il en riant.

Cette fois, il avait réussi à la faire rougir : une bien piètre victoire !

— Ce qui signifie ? bougonna-t-elle.

— Louise… Vous êtes chez vous dans cette maison, en invitée, en amie. Rien d'autre.

Laissant le vase de roses sur le plan de travail, il alla s'asseoir en face d'elle et se servit une tasse de café qu'il savoura à petites gorgées.

— Maintenant, je vais aller promener mes chiens, la neige les rend fous de joie !

Il appela les deux bouviers, remit sa parka et sortit. Durant quelques instants, Louise resta sans bouger, un peu déroutée par leur conversation. Grégoire était un drôle de type, plutôt difficile à cerner. Pouvait-elle lui faire confiance et se montrer amicale, se laisser un peu aller ?

Désœuvrée tant que Florent dormait, elle rangea d'abord la cuisine, puis gagna le séjour où elle s'attarda un moment. La décoration était assez soignée, authentique mais pas désuète, et Louise s'étonna qu'un homme aussi brusque que Grégoire ait pu prendre le temps de choisir des rideaux, de trouver à chacun des lourds meubles arlésiens sa place exacte, de peaufiner certains détails comme les réchampis pastel autour des fenêtres.

Passant sous l'arche qui ouvrait vers le pigeonnier, elle jeta un coup d'œil à cette grande pièce tapissée de livres. Au centre, une dalle de verre posée sur des tréteaux de fer forgé servait de bureau. Parmi des dossiers ouverts et un fouillis de papiers épars, un ordinateur ultraplat voisinait avec un vieux dictionnaire écorné.

— Décidément, il m'étonne…

Elle s'approcha des étagères pour déchiffrer quelques titres de livres. Des romans policiers, des classiques du XIXe, une rangée entière consacrée à Frédéric Mistral et aux félibres, mais aussi un grand nombre d'ouvrages en anglais.

— Il serait bilingue, en plus ?

C'était loin de l'idée qu'elle s'était faite de lui, loin de l'image qu'elle avait, en général, du paysan des Alpilles. Elle se sentit injuste, et soudain très indiscrète. Retraversant le pigeonnier, elle aperçut, posé en évidence près du téléphone, le programme du *Cid*. Pour quelle raison l'avait-il conservé ? En souvenir d'une soirée au théâtre ?

— Bonjour, m'man…

Encore ensommeillé et les cheveux en bataille, Florent vint l'embrasser puis regarda autour de lui avec curiosité.

— Superchouette, ici ! Tu as vu à quelle hauteur sont les fenêtres ?

— C'est un ancien pigeonnier, et je suppose que Grégoire a dû se contenter d'agrandir les ouvertures existantes au lieu d'en créer d'autres.

— Du coup, on voit pas le temps qu'il fait. Il neige encore ?

— Pas pour l'instant, mais il fait toujours aussi froid. Comment te sens-tu, ce matin ?

— J'ai trente-huit trois, déclara-t-il en reniflant.

Elle lui annonça qu'ils allaient rester là jusqu'au lendemain ou au surlendemain et il la dévisagea, incrédule.

— Pour de vrai ?

— Impossible de faire autrement, je suis désolée.

— Ben, pas moi !

Son air radieux l'attestait, passer le réveillon à *Lou Roucas* serait une fête pour lui.

— Où est-il, Grégoire ?

— Parti promener ses chiens.

— Oh, zut ! J'aurais bien voulu l'accompagner…

— Tu plaisantes ? Allez, viens prendre ton petit déjeuner, nous n'avons rien à faire dans ce bureau.

Secouant la tête, il affirma qu'il n'avait pas faim, qu'il préférait monter se doucher et s'habiller. Sans doute ne voulait-il pas rater les prochaines réjouissances, persuadé que dans cette maison il se passait tout le temps des choses formidables.

Louise en profita pour monter faire le lit et ranger la chambre. Tout en secouant la couette, elle se demanda si Grégoire employait une femme de ménage ou s'il se chargeait lui-même de mettre de l'ordre. Il n'y avait pas de poussière sur les meubles bien cirés, pas de toiles d'araignées dans les coins, et le linge qu'il leur avait fourni était impeccablement repassé et sentait bon la lavande.

Dans son sac de voyage, elle récupéra le texte de la pièce qu'elle avait emporté par réflexe avec sa trousse de toilette et des sous-vêtements. Elle voulait être en osmose avec son personnage lorsque les répétitions débuteraient et, durant plus d'une heure, elle travailla à s'approprier les répliques, à s'identifier au rôle.

Un éclat de rire la sortit brusquement de ses pensées. L'espace d'un instant, elle se demanda où elle était tant elle avait perdu contact avec la réalité. Au rez-de-chaussée, elle se laissa guider par les voix et gagna la cuisine.

— C'est votre fils qui nous prépare le déjeuner ! annonça Grégoire.

La gaieté de Florent faisait plaisir à voir tandis qu'il confectionnait une salade de roquette, maïs et petits morceaux de chèvre.

— Marc nous rejoindra en fin de journée, il a fait équiper sa voiture de pneus à clous pour mieux circuler.

Délicatement, Grégoire découpa de fines tranches sur un gros jambon de pays.

— Voulez-vous un petit verre de rosé en apéritif ? J'ai un costières-de-nîmes qui tient la route…

— En général, je ne bois pas d'alcool à midi, mais puisque tout est sens dessus dessous, ce sera avec plaisir !

Dehors, la neige tombait de nouveau en petits flocons glacés.

— Je n'ai pas souvenir d'avoir connu un hiver semblable, dit Grégoire en servant le vin.

— Vous êtes pourtant bien équipé pour y faire face. Quand je pense à la soirée d'hier, je me rends compte de mon imprévoyance.

— On a eu drôlement peur ! renchérit Florent.

Le sourire indulgent de Grégoire agaça Louise. D'accord, il les avait tirés d'un mauvais pas, mais lui n'avait rien à craindre avec sa stature de bûcheron, ses molosses pour le défendre, et sans doute un fusil à portée de main.

— Puis-je me rendre utile ? demanda-t-elle avec une certaine raideur.

Le couvert était mis, le pain déjà coupé, et sa question semblait bien superflue. Grégoire l'enveloppa d'un regard indéchiffrable avant de suggérer :

— Laissez-vous vivre, pour une fois…

Pourquoi ne parvenait-elle pas à être naturelle ? Florent lui en voudrait si elle gâchait cette journée, et il aurait raison.

— Je reprendrais volontiers un peu de ce rosé ! finit-elle par dire, le plus gaiement possible.

Grégoire remplit son verre puis alluma la mèche d'une des lampes à pétrole.

— Le jour baisse encore, c'est mauvais signe.

Il se planta devant la porte-fenêtre, qu'il masquait presque entièrement avec sa carrure, et observa le ciel sombre.

— Et si c'était la fin du monde ? plaisanta Florent en le rejoignant.

De façon inattendue, les voir côte à côte émut Louise.

Son petit garçon avait l'air très vulnérable, et il semblait rechercher la protection d'un homme.

— C'est seulement la fin de l'année, lui répondit Grégoire. Une autre va commencer.

Posant une main sur son épaule, il le poussa vers la table.

— On goûte ta salade, grand chef ? Et si elle est bonne, je te prête mon ordinateur cet après-midi. À condition que ta mère soit d'accord.

— Dis oui, m'man !

— Bien sûr, mais…

— Il a une autonomie de quatre heures, de quoi s'amuser. Au besoin, je le rechargerai ensuite en le branchant sur le générateur.

Louise ravala de justesse le « c'est très aimable à vous » qu'elle allait prononcer du bout des lèvres. Évidemment, la proposition était plus enthousiasmante qu'une partie de Monopoly, et il faudrait bien occuper Florent qui ne pouvait pas sortir.

— Tu sauras t'en servir ? demanda-t-elle seulement.

— On en a, en classe !

— Parfait, alors.

Ils déjeunèrent en bavardant de choses et d'autres, puis ils firent tous les trois la vaisselle. Ensuite, Louise prétendit avoir envie d'une petite sieste et, tandis que Grégoire emmenait Florent dans son bureau, elle remonta jusqu'à la chambre d'amis. Mais elle n'avait pas sommeil malgré la fatigue, et pas non plus le courage de se remettre au travail. Allongée sur le grand lit moelleux, elle essaya de se détendre. Ne pas être chez elle – et n'avoir rien à se mettre pour le dîner – l'ennuyait un peu. Néanmoins, se retrouver avec Florent dans cette maison accueillante était une chance, elle en avait bien conscience. En ce moment, son fils s'amusait, tout à l'heure il verrait un médecin, que demander de plus ? Dès que le courant serait rétabli, elle pourrait rentrer chez elle. D'ailleurs, ce temps de chien n'allait pas durer éternellement, la vie ne tarderait pas à redevenir normale.

Qu'est-ce qui était *normal* ? Florent menait-il une existence *normale* ? Et elle-même ? Courir d'un théâtre à l'autre sans réelle perspective d'avenir, redouter les factures et le sempiternel rappel à l'ordre de la banque, s'endormir seule chaque soir, était-ce bien normal à trente-trois ans ? Avoir du talent ne lui servait pas à grand-chose au bout du compte, et ses illusions mouraient l'une après l'autre. Ce qu'elle avait appelé l'indépendance n'était que la précarité, et ce qu'elle avait cru être le grand amour se soldait par un divorce sordide.

Fermant les yeux, elle se revit, la veille, armée de sa torche ridicule, tétanisée de trouille, incapable de prendre une décision rationnelle. À longueur d'année, elle essayait d'être une bonne mère et, en définitive, elle passait pour une tête de linotte. Grégoire n'avait pas fait de commentaires, mais quel jugement portait-il sur une femme assez stupide pour n'avoir ni médicaments, ni bûches, ni bougies d'avance ? S'étant pris de sympathie pour Florent, il venait tranquillement à son secours, comme pour pallier les déficiences de Louise ! De quoi la rendre folle de rage et de frustration.

Malgré les deux grandes fenêtres, la chambre était plongée dans la pénombre. Dehors, la tempête de neige se poursuivait, rendant les déplacements quasiment impossibles. Si Marc venait les rejoindre, le ferait-il par amitié pour Grégoire ou avec une autre idée en tête ? Louise savait qu'elle lui plaisait, elle l'avait compris au premier regard.

Amusée, elle compta sur ses doigts. Il ne s'était écoulé que dix jours depuis qu'elle avait franchi le seuil de *Lou Roucas* pour la première fois, morte d'inquiétude et bousculant un gendarme. D'emblée, Marc lui avait été sympathique, et Grégoire odieux. Une impression réciproque à en croire le sourire chaleureux de l'un et le rictus dédaigneux de l'autre !

Couchée sur le côté, la joue enfouie dans l'oreiller de plumes, elle sentit qu'une douce somnolence la gagnait. Était-elle prête à s'intéresser à un homme, avait-elle envie d'aimer de nouveau ? La blessure infligée par Xavier mettrait du temps à se refermer. Et Louise ne souhaitait pas devenir une de ces mères célibataires entièrement dévouées à leurs enfants, mais qui finissent bien souvent par les étouffer. S'aigrir seule dans son coin n'était pas le meilleur moyen de rendre Florent heureux. En revanche, plus elle serait épanouie, mieux son fils se porterait, et donc elle devait songer à reconstruire sa vie.

Debout au pied du lit, Florent regardait sa mère endormie. Avec ses longs cheveux épars sur l'oreiller, elle était aussi belle que les princesses dessinées dans les livres de contes. Malheureusement, elle ne pourrait pas revêtir ce soir une de ces robes superbes qu'elle portait au théâtre, ni même une petite robe toute simple, puisqu'ils n'avaient rien emporté à part des sous-vêtements !

Déçu, Florent espéra que, dans la trousse de toilette, elle avait au moins de quoi se maquiller, se faire de fascinants yeux de biche aux cils interminables. Mais telle qu'elle était, avec son jean de velours et son col roulé, Grégoire l'avait tout de même regardée comme une princesse pendant tout le déjeuner. Le genre de regard qu'ont les héros de cinéma avant de se déclarer.

Avec précaution, le petit garçon déposa sur la commode la lampe à pétrole que Grégoire lui avait confiée pour monter. Et comme il lui en avait aussi montré le fonctionnement, il alluma celles qui se trouvaient sur les tables de chevet. Ainsi éclairée, la chambre paraissait encore plus grande et plus chaleureuse.

S'asseyant au bord du lit, il étouffa un bâillement, se frotta les yeux. L'après-midi était passé à toute vitesse, d'abord avec l'ordinateur qui possédait toutes sortes de jeux – y compris un flipper émettant des sons déments ! –, ensuite grâce à Grégoire qui installait des étagères et lui avait expliqué comment se servir de certains outils. Avec lui, tout était simple, tout devenait drôle.

Confusément, Florent se reprochait de faire des comparaisons, mais il se souvenait encore de la mauvaise humeur de son père durant les travaux de leur maison, et de la manière dont il lui interdisait de toucher à quoi que ce soit. « C'est dangereux, tu vas te salir, laisse ça tranquille, va jouer ailleurs ! »

Non, il n'allait pas se remettre à penser à son père. Chaque fois qu'il le faisait, il se sentait très malheureux. Des sentiments contradictoires se bousculaient dans sa tête : déception, rancune, culpabilité. Un enfant ne devait pas détester son père, n'importe qui savait ça, mais comment aimer encore celui qui refusait de *s'encombrer d'un mioche*, qui ne donnait pas signe de vie durant une éternité, puis débarquait sans prévenir, agressif et distant ? La gifle, à la rigueur, Florent aurait pu l'oublier, mais pas le regard indifférent. Ah, toutes ces nuits où il avait rêvé du retour de son père ! Pleurant sans bruit dans son oreiller, imaginant des bras tendus vers lui et des mots tendres, se voyant déjà gambader entre ses parents réconciliés… Et tous ces matins précédant Noël où il n'avait pas pu s'empêcher de courir jusqu'à la boîte aux lettres qui était restée désespérément vide. Vraiment, il n'était qu'un idiot d'y avoir cru.

Sa mère s'étira, ouvrit les yeux et esquissa un sourire.

— J'ai dormi comme une souche, déclara-t-elle d'une voix pâteuse. Et toi, mon amour, tu ne t'es pas trop ennuyé ?

Volubile, il lui raconta tout ce qu'il avait fait, y compris un goûter géant vers cinq heures. Ensuite Grégoire lui avait confié son appareil numérique pour prendre des photos de la crèche ! Des *photos*, il insista sur le mot, le répéta. Encore une chose que son père ne s'était pas donné la peine de lui enseigner, refusant obstinément que Florent touche à son matériel professionnel. Il vit que sa mère avait bien compris le message parce qu'elle tendit la main vers lui, lui caressa la joue avec une infinie tendresse.

— Quelle heure est-il donc ? murmura-t-elle.

— Six heures et demie.

— Bon, je vais aller me rafraîchir avant de voir si je peux aider à préparer le dîner. Je suppose que nous mangerons tard, tu devrais en profiter pour te reposer, tu as les yeux au milieu de la figure !

Sans se faire prier, Florent s'allongea et remonta l'édredon sur lui.

— Tu me réveilleras à temps, maman ?

— Promis, tu ne rateras rien.

— Prends la lampe de la commode, c'est celle qui sert pour se déplacer, dit-il, péremptoire.

Louise hocha la tête avec un nouveau sourire. Son fils semblait tellement à l'aise, en confiance dans cette maison, qu'il était déjà en train de s'endormir. Elle remit ses boots et gagna le couloir, laissant la porte entrouverte. Le moins qu'elle puisse faire était effectivement de donner un coup de main à Grégoire pour les préparatifs du réveillon. D'ailleurs, Marc ne tarderait sans doute pas à les rejoindre. Mais, avant tout, elle désirait se maquiller et se coiffer, à défaut de bien s'habiller. Songeant à un chignon sophistiqué, elle longea le couloir, ouvrit la porte de la salle de bains.

— Oh, pardon !

Saisie, elle marqua un temps d'arrêt, puis se détourna et sortit immédiatement. Comment pouvait-elle être assez distraite pour faire des choses pareilles ? Et pourquoi était-elle restée inerte, même une malheureuse seconde, face à Grégoire nu sous la douche ? Bon, d'accord, il aurait pu mettre le verrou, mais enfin il était chez lui, il faisait ce qu'il voulait !

Au comble de l'embarras, elle chercha ce qu'elle allait bien pouvoir lui dire pour s'excuser. D'abord elle s'éloigna, puis revint sur ses pas. Avec un éclairage normal, elle ne se serait pas trompée. Hélas, ces très belles portes sculptées se ressemblaient toutes, impossible de faire la différence entre les chambres, les salles de bains ou n'importe quoi d'autre ! Sauf que, très logiquement, la salle de bains des amis se trouvait *avant* celle de Grégoire. Louise avait constaté son erreur en le voyant, lui, mais aussi en découvrant un carrelage différent et une douche à la place d'une baignoire.

« Pourtant tu es restée là comme une cruche, à le regarder »...

Sa lampe à pétrole toujours à la main, elle hésitait encore sur la conduite à tenir lorsqu'elle l'entendit sortir.

— Louise ?

— Je suis absolument désolée, bredouilla-t-elle. C'est idiot, je me suis trompée, excusez-moi.

Il était vêtu d'un peignoir éponge gris ardoise, les cheveux trempés, et la considérait avec une gêne évidente.

— Aucune importance, finit-il par dire. À force de vivre à moitié dans le noir, il y a de quoi s'égarer… Votre salle de bains est là.

— Oui, je m'en suis rendu compte après. Écoutez, je vais me refaire une beauté, et puis je descends vous aider.

— Ne vous pressez pas, Marc ne sera là que vers huit heures.

Pourquoi lui parlait-il tout le temps de Marc ? Avec un petit sourire crispé, elle ouvrit la bonne porte et s'engouffra dans la salle de bains des invités. Appuyée au battant, elle prit une profonde inspiration puis se mordit les lèvres pour contrôler une irrépressible envie de rire. Avant de provoquer une nouvelle catastrophe, elle posa la lampe au bord du lavabo, juste sous le miroir. Le comique de la situation déclencha deux ou trois hoquets silencieux tandis qu'elle se pliait en deux. Pauvre Grégoire, quelle malchance pour lui d'être obligé d'héberger son insupportable voisine ! Il devait secrètement prier pour que la lumière revienne, pressé de ramener chez eux femme et enfant afin de reprendre le cours paisible de son existence.

« Allez, allez, ne te raconte pas d'histoires, ça t'amuse de l'avoir surpris à poil, non ? »

L'incident n'avait rien de dramatique, d'autant moins que, contrairement à ce qu'elle aurait pu croire, Grégoire n'était pas un grand ours grassouillet mais un type superbe, tout en muscles et bâti comme un athlète.

Reprenant son sérieux, Louise s'observa dans le

miroir d'un œil critique. Puisque les circonstances la faisaient réveillonner ce soir avec deux hommes qu'elle connaissait à peine, et sans rien d'autre à se mettre qu'un vieux pantalon de velours râpé, elle allait soigner son visage.

Du plat de la main, Grégoire effaça un faux pli sur la nappe. Il avait un peu rapproché la table ronde de la cheminée, et mis le couvert pour quatre. Ayant grandi dans une maison sans femme, il trouvait tout naturel de s'occuper de ce genre de détails. Une manière d'être que Jane saluait gaiement : « Tu es un véritable homme d'intérieur ! » Il l'avait bien fallu, Antonin n'étant pas d'une génération où le mari mettait la main à la pâte. Bien sûr, pour l'élever, son grand-père avait appris à se servir d'un fer à repasser ou à maîtriser les programmes du lave-linge, mais il n'avait jamais accordé la moindre attention aux petites choses du quotidien, comme une belle mise de table, un bouquet dans un vase, de la lavande au fond des armoires. Grégoire, lui, observait ce qui se passait chez les autres, par exemple chez les parents de Marc, et il n'hésitait pas à appliquer les mêmes recettes à *Lou Roucas*. Parfois, Antonin s'esbaudissait des initiatives de son petit-fils, néanmoins il le laissait faire, surpris mais pas mécontent de voir réapparaître l'argenterie bien astiquée, ou de redécouvrir un service de faïence oublié depuis longtemps en haut d'un placard.

De là à appeler Grégoire – qui passait toutes ses journées dehors – un *homme d'intérieur*, il y avait un monde. Il recula de deux pas, s'estima satisfait du résultat. À l'inverse du dîner de Noël, où il avait privilégié l'or et le rouge, sa décoration était blanche et bleue, avec de petites touches argentées.

Levant la tête, il entendit la voix de Marc qui devait avoir fini d'ausculter Florent. Ainsi qu'il le lui avait demandé par téléphone, Marc était arrivé en jean et en pull, assez satisfait d'être dispensé de cravate, même s'il avait bougonné pour la forme : « Ah bon ? On termine l'année en guenilles ? » Mais pas question de vexer Louise, or, à l'évidence, elle n'avait pas emporté de vêtements.

Bon sang, comme cette femme lui plaisait ! Et dire qu'il allait devoir passer la soirée à regarder Marc faire son numéro de charme... Quant à lui, il s'était suffisamment ridiculisé, surpris nu comme un ver et du shampooing plein les yeux, rougissant jusqu'aux oreilles alors qu'il n'était ni prude ni timide.

— Le petit a une bronchite, annonça Marc en dévalant l'escalier. J'avais pris des médicaments, il va pouvoir commencer son traitement tout de suite.

— Rien de sérieux ?

— Non, pas de quoi s'inquiéter. On se met aux fourneaux ?

— Si tu es crevé, je m'en occupe tout seul.

— Tu veux nous empoisonner ou quoi ? C'est vrai que les journées sont dures en ce moment, mais faire la cuisine me détend. L'agneau est décongelé ?

— Je l'ai sorti ce matin.

— Et tu me le garantis nourri au foin de la Crau ?

— Marc... Avant qu'on puisse me tromper sur un agneau !

— Bon, alors je vais me surpasser.

— Tu as intérêt.

— À cause de notre invitée ?

Le regard pétillant de Marc annonçait ses intentions, mais Grégoire se contenta de corriger :

— *Nos* invités. Arrange-toi pour que ton assaisonnement plaise aussi au petit.

Son après-midi en compagnie de Florent avait été un réel plaisir. La curiosité du gamin, sa gentillesse, l'impatience qu'il s'efforçait de contenir, et jusqu'à sa maladresse, tout avait rappelé à Grégoire les moments partagés avec Liz. Sa petite Liz qui n'avait pas eu la chance de grandir et dont il rêvait encore certaines nuits.

À peine avaient-ils investi la cuisine que Louise les rejoignit, bien décidée à les aider. Du coin de l'œil, Grégoire remarqua qu'un discret maquillage mettait ses yeux en valeur, et que ses cheveux, relevés en chignon, laissaient voir sa nuque délicate. L'envie d'y poser sa main fut si forte qu'il se détourna, désemparé. Il prit le vase de roses abandonné depuis le petit déjeuner et le transporta jusqu'à l'appui de la fenêtre.

— Je vais préparer un tian de courgettes pour accompagner le carré d'agneau, annonça Marc, alors si quelqu'un veut bien les éplucher et les couper…

— Je m'en charge, s'empressa Louise.

— Il y aura aussi les tomates à ébouillanter et à peler.

— D'accord !

— Et moi, qu'est-ce que je peux faire ? demanda Florent d'une petite voix timide.

Trop excité pour rester au lit, il avait suivi sa mère et espérait manifestement ne pas se faire gronder.

— Je t'ai promis des beignets d'anchois à l'apéritif, lui rappela Grégoire avec un clin d'œil, tu vas t'occuper de la pâte.

— Mais je ne sais pas comment…

— Je t'explique, toi tu pèses et tu touilles, d'accord ?

L'air radieux de son fils fit sourire Louise.

— Vous lui en aurez appris, des choses, aujourd'hui !

Elle ne semblait pas prendre ombrage du rôle de mentor qu'il s'était attribué avec Florent, et en tout cas elle ne craignait plus de les laisser en tête à tête. Se décidait-elle enfin à lui accorder sa confiance ?

— Ce sera un dîner improvisé avec les moyens du bord, précisa Marc. Sincèrement, quelle semaine épouvantable ! Il y a des centaines de foyers privés d'électricité, j'ai fait des visites dans des conditions très difficiles, je vous assure. Les gens sont complètement dépassés dès que quelque chose ne tourne pas rond.

— J'ai été la première à me laisser surprendre, reconnut Louise. Sans l'intervention de Grégoire, je n'aurais pas su quoi faire.

— Je ne parlais pas pour vous, se hâta d'ajouter Marc. Une femme seule, avec un enfant fiévreux… Et qui pouvait imaginer que ce mauvais temps s'éterniserait ?

Contrarié d'avoir été maladroit, il se mit à badigeonner la viande d'une préparation à base de sauge et d'ail.

— Pour en revenir à notre menu, l'agneau, ce serait plutôt à Pâques, on s'éloigne des traditions ! ricana-t-il.

— Il n'y en a guère pour la Saint-Sylvestre, fit remarquer Grégoire.

— Vous êtes très attaché aux coutumes provençales, n'est-ce pas ?

— C'était surtout son grand-père qui y tenait, répondit Marc à la place de Grégoire.

Celui-ci prit aussitôt la défense d'Antonin, comme chaque fois qu'il était question de lui.

— À l'époque, les gens n'avaient pas grand-chose à faire l'hiver, ils ne possédaient ni télévision ni rien, et les fêtes calendales s'étalaient de la Sainte-Barbe, le 4 décembre, lorsqu'on plantait la semence du blé de Noël, jusqu'à la Chandeleur, le 2 février, jour où on démontait les crèches. Et dès la fête des Rois, le premier dimanche de janvier, on se gavait de couronnes aux fruits confits où était cachée la fève grillée. Mais à ma connaissance, la seule habitude pour l'*an nou* était de rester en famille et d'attendre minuit pour s'embrasser.

— Ce que nous ferons tout à l'heure ! ponctua Marc avec un rire joyeux.

Grégoire l'avait assez souvent vu draguer pour identifier son air conquérant, et comme Louise s'était mise à rire aussi, un peu trop fort, il se détourna pour les laisser s'amuser entre eux. Florent attendait, la tête baissée, sa cuillère de bois plongée dans la pâte. Lorsqu'il releva les yeux sur Grégoire, il eut une drôle d'expression, à la fois inquiète et déçue.

— Tout va bien, mon bonhomme ? Remue encore un peu, ça me paraît d'une consistance idéale.

— J'adore les beignets d'anchois, dit Louise.

Elle se trouvait juste derrière lui sans qu'il l'ait entendue approcher. Peut-être voulait-elle complimenter son fils, ou seulement jeter un coup d'œil à la pâte, mais elle posa sa main sur l'épaule de Grégoire et l'y laissa quelques instants.

— Si vous aviez un tablier à me prêter… Je viens de tacher mon pull et je n'en ai pas d'autre.

Il s'obligea à bouger pour lui faire face, et la main de Louise abandonna son épaule. Une longue traînée de tomate maculait le col roulé.

— Avec une de mes chemises, vous pourriez vous faire une robe, mais vous trouverez peut-être quelque chose qui vous amuse dans l'armoire de ma chambre, allez voir.

Elle prit l'une des lampes et quitta la cuisine tandis qu'il la suivait du regard, navré pour elle. Dans le même genre de circonstance, Jane aurait piqué une crise de nerfs ou serait restée toute la soirée à bouder.

— C'est parti ! annonça Marc.

Il enfourna le carré d'agneau, déposa le tian de courgettes sur la grille du dessous.

— Je te libère la place pour ta friture. On ne pourrait pas boire quelque chose ?

— Le champagne est dans le frigo. Qu'est-ce que tu aimerais, Florent ? Du Coca ?

— J'y ai droit les soirs de fête, affirma le gamin.

Pendant que Marc s'occupait des boissons, Grégoire mit de l'huile à chauffer. Il était en train de surveiller la température lorsque Louise revint, sourire aux lèvres.

— J'espère que ce ne sont pas vos préférés ?

À l'un des tee-shirts noirs dont Grégoire se servait pour dormir, elle avait ajouté une chemise blanche largement ouverte, et mis une ceinture. Col relevé, manches retroussées, la chemise avait l'air d'une tunique blousante, presque élégante.

— Magnifique ! s'exclama Marc en lui tendant une coupe de champagne. C'est au théâtre qu'on apprend à s'habiller avec trois fois rien ?

Quelques mèches de cheveux s'échappaient maintenant de son chignon, la rendant encore plus jolie.

— Trop tôt pour trinquer à la nouvelle année, dit Grégoire, alors je bois à notre soirée improvisée et à la santé de mes invités !

Il vida son verre puis commença à tremper un par un les anchois dans la pâte avant de les lâcher dans l'huile bouillante. À l'autre bout de la cuisine, Marc et Louise bavardaient gaiement, comme de vieux amis.

— Vous avez vécu en Amérique ? s'écria-t-elle soudain.

— Plusieurs années, oui.

— Quelle chance !

— Pas vraiment. Je n'ai jamais réussi à m'adapter. Trop grand, trop moderne, trop rigide. Et là-bas, le temps passe trop vite. Les gens ne pensent qu'à consommer, ils sont dans l'immédiat, ils ne prennent pas de recul, ne se posent pas de questions. En plus, ils sont intolérants et puritains, persuadés de dominer le reste du monde.

Il s'étonna de n'avoir rien de positif à dire. Au début de son mariage, il n'avait pourtant pas eu l'impression de se déplaire à ce point dans sa nouvelle vie.

— Toi, plaisanta Marc, tout ce qui n'est pas la Provence…

— Oui, j'ai vraiment eu le mal du pays, c'est venu d'un coup et ça ne m'a plus lâché jusqu'à ce que je rentre. Mais ne fais pas le fanfaron, Marc, tu n'as jamais quitté la région !

Avec une écumoire, il égouttait les beignets puis les déposait sur un papier absorbant.

— Qu'est-ce qui vous avait poussé à partir, alors ? insista Louise.

— Ma femme. Elle n'imaginait pas vivre ailleurs que chez elle, et moi, à l'époque, j'étais bêtement d'accord pour tenter l'aventure. Quand on est jeune, on ne fait pas toujours des choix judicieux.

Épouser Jane avait été une monumentale erreur, dont il continuait de payer les conséquences.

— Et vous n'avez plus de contacts là-bas, plus de… famille ?

— Non.

Ses ex-beaux-parents ne lui avaient jamais donné

signe de vie, mais il ne le souhaitait pas, le trait tiré sur son passé était définitif.

— Allons nous installer près du feu, proposa-t-il.

Florent prit le plat avec précaution et les précéda vers le séjour. Le bois crépitait dans la cheminée, exhalant une bonne odeur de sarments de vigne. Louise alla s'asseoir au bord de la marche en pierre, devant l'âtre, en s'exclamant :

— J'adore votre maison, on s'y sent tellement bien !

Le compliment fit plaisir à Grégoire car, pour une fois, ce n'était pas de la simple politesse, il le comprit au regard de Louise.

— *Lou Roucas* a toujours eu un charme fou, enchaîna Marc, mais il faut bien reconnaître que Greg l'a superbement aménagé depuis quelques années. En ce qui me concerne, hélas, je n'ai pas le temps de m'occuper de décoration, je travaille douze heures par jour et ma maison en souffre, c'est sûr.

— Oh, tu ne vas pas te plaindre, dis ? railla Grégoire qui commençait à en avoir assez que Marc réponde à sa place. À moins que tu ne veuilles me faire passer pour un désœuvré ?

Marc haussa les épaules et Grégoire poursuivit, s'adressant directement à Louise :

— Vivre de la terre n'est pas seulement fatigant, c'est surtout angoissant. En ce moment, il m'est difficile de penser à autre chose qu'à mes arbres ! Dans quel état sortiront-ils de cette période de gel ? Quand je vois le baromètre... Il y a eu des années épouvantables pour les exploitants, et j'espère que celle-ci va nous épargner.

Le menton dans les mains, Louise l'avait écouté avec tant d'intérêt qu'il faillit poursuivre, mais finalement il n'ajouta rien afin de ne pas monopoliser la conversation. Les oliviers ou les amandiers n'étaient sûrement pas le sujet de prédilection d'une jeune femme habituée aux plateaux de théâtre et aux auteurs classiques.

En quelques minutes, les beignets furent engloutis, ainsi qu'une assiette de saucisson d'Arles coupé en fines tranches. Le parfum du carré d'agneau commençait à se répandre, et lorsqu'ils passèrent à table, vers onze heures, ils firent honneur à la cuisine de Marc.

Florent se tenait très bien, mangeant lentement, parlant peu et souriant beaucoup. Sans cesse, son regard allait de sa mère, dont il semblait guetter l'approbation, à Grégoire qui, chaque fois, lui souriait.

Ils en étaient au dessert lorsque Marc, consultant sa montre, annonça qu'il était minuit. Bien entendu, il fut le premier à se précipiter sur Louise qu'il prit dans ses bras. Grégoire en profita pour soulever Florent du sol, lui planter deux gros baisers sur les joues et lui souhaiter la plus formidable année qu'un petit garçon ait jamais connue. Puis, tandis que Louise s'emparait à son tour de son fils, les deux hommes se donnèrent de grandes claques dans le dos en échangeant leurs vœux. Enfin, Grégoire s'approcha de Louise et, après une brève hésitation, se décida à l'embrasser. Il le fit de façon maladroite mais, comme pour se racheter, il murmura :

— Qu'est-ce qu'on doit vous souhaiter ? Plein d'engagements au théâtre, la couverture des journaux, un contrat à Hollywood…

— Avoir du travail suffira à mon bonheur ! le coupa-t-elle en riant.

Puis elle ajouta, plus sérieusement :

— Jouer est très important pour moi. D'ailleurs, je ne sais rien faire d'autre, alors fasse le ciel que les occasions ne manquent pas dans les mois à venir. Quant à vous, j'espère que tous vos arbres traverseront l'hiver sans dommage et que vous aurez des récoltes magnifiques !

Il hocha la tête, n'osant évidemment pas lui dire que ce n'était pas là son principal désir, contrairement aux années précédentes. Au lieu de quoi, il se contenta de sortir son portable de sa poche de jean et de le lui proposer.

— S'il y a des gens que vous voulez appeler…

Baissant les yeux vers le téléphone, elle réfléchit quelques instants, puis secoua la tête.

— Fanélie ne peut pas répondre et, en ce qui concerne les copains, ça attendra demain ou après-demain.

Qu'une femme comme elle, jeune et jolie, soit assez seule pour n'avoir personne à qui présenter ses vœux le consterna.

— Je vais chercher une autre bouteille de champagne, décida-t-il.

Il gagna la cuisine où il prépara une assiette de calissons et de nougats. L'année qui venait juste de commencer lui réserverait-elle d'aussi bonnes surprises que la découverte de cette voisine improbable ? À toujours se croire au bout du monde dans ces Alpilles au relief tourmenté, ces collines bleues aux crêtes déchiquetées, il ne regardait plus les gens autour de lui. Certes, Louise Balleroy ne lui était pas destinée, mais s'il ouvrait enfin les yeux, maintenant qu'il se savait capable de retomber amoureux, peut-être que…

Florent le fit sursauter en lui touchant le bras.

— Oh, tu étais là, bonhomme ? Tu veux quelque chose ?

Le gamin secoua la tête, exactement comme sa mère deux minutes plus tôt. Sa mère dont il avait les grands yeux en amande et le même air romantique. Pris d'une idée subite, Grégoire se pencha vers lui.

— Dis-moi, Florent, je sais que vous avez laissé vos téléphones chez vous, ta maman et toi, mais si tu as envie de… Enfin, si par exemple tu désires parler à ton papa ou à qui que ce soit d'autre, je peux te prêter le mien.

— Ah çà, non ! s'écria le petit garçon.

Reculant d'un pas, il heurta la table.

— Il… Il s'en fiche pas mal. Et moi, tout ce que je lui souhaite, c'est de ne plus jamais nous…

Il s'interrompit abruptement, mit sa main devant sa bouche comme s'il voulait s'empêcher de parler, de dire ce qu'il avait sur le cœur, pourtant il lâcha, dans un souffle effrayé :

— Mon père, il ne m'aime pas.

Grégoire ne fit pas un geste, devinant que le petit garçon était prêt à s'enfuir pour aller cacher sa détresse. Il vit son menton trembler, ses mâchoires se crisper, l'effort qu'il faisait pour déglutir. Mais son regard restait rivé à celui de Grégoire. Soudain, il se jeta contre lui, à la manière d'un naufragé qui s'agrippe à un rocher.

— Là, mon petit, là… Tout ira bien, ne t'inquiète pas. C'est une année nouvelle, et tu verras, les choses changent, les gens aussi, parfois. Certains jours, on se croit très malheureux, mais le lendemain, c'est différent.

D'un geste apaisant, il lui passa la main dans les cheveux.

— Moi aussi, quand j'avais ton âge, il m'arrivait d'être triste parce que je n'avais pas de mère…

— Tu n'en avais pas ? s'étonna Florent.

Le tutoiement spontané fit sourire Grégoire.

— Non, mon grand-père était toute ma famille, et tu

vois, ça m'a suffi. Toi, tu as une maman formidable, et qui t'aime par-dessus tout.

— Flo ?

Chargée d'une pile d'assiettes, Louise les contemplait depuis le seuil de la cuisine. Si elle semblait surprise de découvrir son petit garçon cramponné aux jambes de Grégoire, au moins ne manifestait-elle aucune méfiance.

— Tu es fatigué, mon chéri ? demanda-t-elle d'une voix très douce.

Elle se débarrassa de la vaisselle sur la paillasse de l'évier puis vint s'agenouiller devant le petit garçon.

— Il est très tard, tu vas aller te coucher, d'accord ?

Levant les yeux sur Grégoire, elle ajouta :

— Je monte avec lui mais je redescendrai pour vous aider à tout ranger.

— Pensez-vous ! On fera ça en cinq minutes, Marc et moi, ne vous en occupez pas.

— Si, si, vous aider à ranger *et* boire cette coupe que vous nous aviez promise, dit-elle en désignant la bouteille de champagne qu'il avait sortie du réfrigérateur.

Pourquoi essayait-il de l'expédier au lit ? Pour l'empêcher de flirter avec Marc ? Allons, il n'était pas si mesquin, il ne gâcherait pas la fin de la soirée.

1er janvier

Le redoux fut aussi brutal que l'avait été la vague de froid. Dans la nuit, une partie de la neige glacée s'était mise à fondre, les toits et les gouttières ruisselaient, de l'eau tombait des arbres, de grandes flaques se formaient un peu partout.

Grégoire revint trempé de sa promenade matinale, et il dut sécher avec une vieille serviette les deux bouviers mouillés jusqu'au poitrail. Puis il repartit, avec le Land Rover cette fois, pour aller voir où en étaient les travaux d'EDF. Au retour, il trouva Marc et Louise dans la cuisine et leur annonça que, jour férié ou pas, les équipes se démenaient.

— Ils ont bon espoir de rétablir le courant dans les prochaines heures, nous allons pouvoir reprendre une vie normale ! En revanche, tous les commerces sont fermés, je n'ai même pas trouvé de pain.

— Je peux essayer d'en faire, proposa Marc.

— Lance-toi, ce sera toujours mieux que rien.

Il se servit une tasse de café qu'il emporta dans son bureau. La veille, il était monté se coucher le premier, laissant Louise et Marc lancés dans une grande discussion sur Shakespeare. Et ce matin, il n'avait aucune envie de savoir à quel stade d'intimité ces deux-là étaient arrivés.

Après avoir appelé quelques-uns de ses amis pour leur souhaiter une bonne année, il se plongea dans des comptes et des dossiers administratifs. Si le gel avait causé d'irréparables dégâts, en particulier sur les oliviers, qu'adviendrait-il de l'équilibre financier de l'exploitation ? Sa trésorerie était saine, il n'avait aucune dette, cependant la marge de manœuvre demeurait étroite. Une récolte médiocre serait gérable, mais pas de récolte du tout ?

À plusieurs reprises, il songea à Antonin, le revoyant tailler la mine de son crayon avec un canif avant d'ouvrir le grand registre de toile noire où il consignait ses bilans. Après son décès, Grégoire avait feuilleté les dernières pages, le cœur serré. Les chiffres catastrophiques parlaient d'eux-mêmes, mais son grand-père avait ajouté en marge quelques annotations fantaisistes. « Bientôt la fin de *Lou Roucas*. J'ai fait de mon mieux, mais il faut croire que ce n'était pas assez. Le papier bleu remplit la boîte aux lettres, les vautours ne tarderont plus. Toute une vie de travail, et me voilà sans rien. Heureusement que le petit n'est pas là pour voir ça. » Cette dernière phrase lui avait fait monter les larmes aux yeux. Pas là, non, il n'avait pas été là pour secourir son grand-père à temps, l'obliger à se soigner, le sauver de la faillite. Mais *Lou Roucas* était toujours aux mains d'un Fabre, récupéré d'entre les griffes des créanciers. Et de son paradis, Antonin absolvait sans doute son petit-fils.

Une délicieuse odeur de pain chaud le tira de sa rêverie. Était-il resté si longtemps plongé dans ses calculs et ses souvenirs ? Il se leva, s'étira, constata qu'il manquait d'exercice, comme toujours l'hiver. Mais bien sûr, Marc ne serait pas d'accord pour l'accompagner dans une longue promenade cet après-midi. D'ailleurs, il pleuvait.

— Le déjeuner est prêt ! annonça Louise depuis le séjour.

En la rejoignant, il la trouva tellement jolie qu'il se sentit presque attristé. Pourquoi avait-il laissé le champ libre à Marc, sans même tenter sa chance ? Par peur de se faire rembarrer ?

— Grégoire, je voulais vous dire…

La lumière revint d'un coup, avec des bruits d'appareils se remettant en route, dont un aspirateur au premier étage.

— Oh, c'est vrai, j'étais en train de faire un peu de ménage quand tout s'est éteint ! Je monte l'arrêter.

Il partit en direction de l'escalier mais s'arrêta, et se retourna.

— Excusez-moi, vous vouliez me dire quelque chose ?

Elle parut indécise, puis eut un geste désinvolte.

— Sans importance, affirma-t-elle. Je vais éteindre les lampes à pétrole.

Dans l'escalier, Florent était assis à mi-palier, l'air tout déconfit.

— La panne est finie ? demanda-t-il à Grégoire d'un ton morne.

— Oui, ils ont rétabli le courant. Tu vas pouvoir rentrer chez toi ! Je vous raccompagnerai cet après-midi mais, pour l'instant, on déjeune. Tu as faim, j'espère ?

Le petit garçon se leva et le suivit jusqu'à une petite pièce qui servait de lingerie, où l'aspirateur continuait de ronfler. Grégoire le mit hors service puis sourit à Florent.

— Viens avec moi, bonhomme, on va faire le tour de

tout l'étage pour vérifier les interrupteurs, je suis sûr que des trucs ont dû rester allumés au moment de la coupure.

Ils passèrent en revue les chambres et les salles de bains avant de descendre.

— Dommage que ça marche, maintenant, marmonna Florent. C'était drôle de s'éclairer avec des bougies, et puis on était obligés de rester tous ensemble, et… est-ce qu'on pourra quand même revenir chez toi de temps en temps ?

Il avait posé sa question à voix basse, ralentissant le pas pour ne pas entrer tout de suite dans la cuisine où on entendait rire Louise et Marc. Grégoire se pencha vers lui, le prit par les épaules en le secouant gentiment.

— Nous sommes devenus des amis, non ? Eh bien, c'est simple, les amis se voient chaque fois qu'ils en ont envie !

La réponse amena une ébauche de sourire sur le visage du gamin, mais il y avait encore de l'inquiétude dans son regard.

— Écoute, si ta mère est d'accord, quand le printemps sera là, je te montrerai un chemin pour venir de chez toi jusqu'ici à vélo sans passer par la route.

Le sourire de Florent s'élargit et il hocha vigoureusement la tête, faisant voler sa frange de cheveux blonds.

Un peu dépassée par l'ampleur de la tâche, Louise remit d'abord la chaudière en route car il faisait froid et humide dans la maison. Puis elle s'empressa d'enfiler deux gros pulls. Pendant qu'elle se changeait, Grégoire vérifia que son morceau de contreplaqué tenait bien en place devant le carreau cassé de la cuisine, puis il y ajouta une bande de mousse isolante sur le pourtour. Il alla ensuite démarrer la Polo, dont le moteur accepta de tourner après quelques hoquets.

Cherchant à se rendre utile, Marc rapporta les dernières bûches du cabanon, les empila près de la cheminée, puis entreprit de faire une flambée pour réchauffer l'atmosphère.

Vers cinq heures, alors que la nuit tombait, les deux hommes prirent congé, sans que Louise cherche à les retenir. Elle se sentait désemparée, mal à l'aise dans sa propre maison. La parenthèse vécue à *Lou Roucas* la laissait songeuse et la faisait s'interroger sur l'avenir, surtout en voyant l'air abattu de Florent.

Heureusement, à six heures, Fanélie arriva sur son vélo, telle une bonne fée. Elle apportait du beurre et des œufs frais, toute réjouie à l'idée d'avoir autant de choses à raconter qu'à apprendre. Mais, dans le feu roulant des questions échangées, ce fut Florent qui se montra le plus bavard. Il décrivit par le menu les deux journées passées chez Grégoire, intarissable sur les chiens, l'ordinateur et autres merveilles.

— En plus, il nous a donné la plus belle chambre !

— Comment le sais-tu ? protesta Louise. Tu n'es pas allé fouiner partout, j'espère ?

— Pas du tout ! C'est quand on a éteint, ce matin, que j'ai tout visité. Il y a même une lingerie avec une planche pour le repassage, et Grégoire m'a dit qu'il savait très bien le faire !

Amusée par cette révélation, Louise sourit devant l'enthousiasme de son petit garçon, puis elle ajouta :

— Le plus rassurant était d'avoir un médecin avec nous. D'ailleurs, Flo ne tousse presque plus grâce au traitement qu'il a commencé.

— Tu as bien de la chance d'avoir trouvé deux hommes pour s'occuper de toi et du petit, fit remarquer

Fanélie avec une mimique malicieuse. Des pannes d'électricité qui t'apportent des princes charmants, j'en voudrais volontiers chaque matin !

— Princes charmants, tu y vas fort, mais ils sont vraiment très gentils, tous les deux.

— Moi, je préfère Grégoire ! claironna Florent.

Il attendait manifestement une réaction de sa mère et, voyant qu'elle se taisait, il s'adressa à Fanélie.

— Maman lui plaît drôlement…

— Qu'est-ce que tu vas chercher ! s'indigna Louise. Ah, l'imagination des enfants, je te jure ! En tout cas, je suis contente d'être rentrée chez moi. Je m'occuperai d'appeler un vitrier dès demain, et je passerai tous mes coups de téléphone en retard. Quand je pense que les répétitions débutent la semaine prochaine, que l'école va recommencer et que j'ai mille choses à faire d'ici là… D'abord, trouver quelqu'un qui me livre du bois, puis aller acheter des provisions d'avance, des médicaments, un stock de bougies et de piles, bref, je ne veux plus jamais revivre une soirée comme celle de mardi !

— Prends aussi l'habitude de fermer tes volets, au moins au rez-de-chaussée, suggéra Fanélie. Ici, il n'y a pas d'homme et pas de chien pour te garder. Tiens, commence donc tout de suite pendant que je nous prépare une omelette aux pommes de terre.

Louise s'exécuta de bonne grâce, persuadée qu'elle se sentirait plus en sécurité si la maison était bien close. À *Lou Roucas*, elle avait dormi durant deux nuits d'un sommeil de plomb, se sachant à l'abri de tout, une impression qu'elle n'avait plus connue depuis le départ de Xavier.

Dehors, la neige s'était transformée en gadoue et les lanternes de la façade se réfléchissaient dans de grandes flaques. Louise fit le tour de la maison, repoussant les volets bleus qui grinçaient sur leurs gonds rouillés, puis elle leva la tête pour essayer de distinguer les étoiles. Au bout d'un moment, il lui sembla apercevoir celle du berger, à qui elle adressa un vœu muet en croisant les doigts.

Sur le point de partir, Marc vérifia qu'il avait bien remis son stéthoscope dans sa sacoche.

— Je vais avoir un boulot monstre demain, soupira-t-il. Entre les abus du réveillon, l'épidémie de grippe et les gastros de saison, ma salle d'attente sera vite trop petite ! En tout cas, merci pour la soirée, je ne t'aurais pas pardonné si tu ne m'avais pas invité…

Constatant que Grégoire ne se donnait pas la peine de lui répondre, Marc s'attarda encore quelques instants sur le perron.

— Écoute, reprit-il, nous sommes trop bons amis pour nous raconter des bobards, alors je te le dis en face, je compte proposer à Louise un dîner au restaurant en tête à tête. Je l'appellerai dans la semaine, voilà.

— C'est ton droit.

— Oh, Greg, ne fais pas cette tête-là !

— Je n'en ai pas d'autre.

Surpris par la sécheresse du ton, Marc chercha en vain quelque chose à ajouter et, finalement, ce fut Grégoire qui reprit la parole.

— Ne t'inquiète pas, on ne va pas se fâcher pour ça. De là à me voir sauter de joie, tu m'en demanderais trop. Allez, mon vieux, à la prochaine…

Il expédia une petite tape conciliante sur l'épaule de Marc avant de rentrer chez lui, réussissant même à ne pas claquer la porte. Il n'avait pas posé de questions non plus, ni cherché à en savoir plus.

— Quel abruti je fais ! grogna-t-il à l'adresse de ses chiens qui l'attendaient dans la cuisine.

À présent que le bruit sourd du générateur s'était tu, il régnait un complet silence sur la maison.

— *Escoutas me, li chin : siéu amourous.*

Les deux bouviers penchèrent ensemble la tête de côté, puis se mirent à battre de la queue.

— Je vois que ça vous amuse…

Amoureux, certes, il l'était, mais pourquoi s'était-il considéré comme battu d'avance ? Parce que, en déclarant le premier qu'il trouvait Louise très belle, Marc avait en quelque sorte pris une option ? Ou Marc était-il un séducteur-né auquel peu de femmes résistaient et avec qui Grégoire ne voulait pas se mesurer ?

— Vanité mal placée !

Louise n'était pas seulement une très belle femme, elle était volontaire, tendre, maternelle, gaie, insolite, fragile, et plein d'autres choses encore. Le contraire de Jane, en somme. Quant à Florent, difficile d'imaginer un petit garçon plus gentil. D'ailleurs, Grégoire s'y était attaché dès la première nuit, lorsqu'il l'avait découvert dans la neige puis remonté entre ses bras tout le long de la pente raide de Sainte-Croix. Un gamin apparemment délaissé par son père, et qui en souffrait. À lui, comme à Louise, Grégoire aurait pu offrir tout l'amour du monde, mais sans doute n'était-il pas l'homme qu'il fallait, trop bourru et trop renfermé, incapable de se lancer dans une entreprise de conquête.

« Et pourquoi ça ? Je peux l'appeler moi aussi, ou l'inviter. Tiens, par exemple, à la ferme d'Eygalières, ou bien en Arles si elle répète, à la Gueule du loup ou au Jardin de Manon, ce ne sont pas les bons restaurants qui manquent ! Sauf que je ne saurai pas quoi lui dire, et si c'est pour la regarder avec des yeux de merlan frit toute la soirée… Je n'ai pas la faconde de Marc, et mes connaissances en matière de théâtre se limitent à Racine, à condition de faire appel à tous mes souvenirs scolaires. Moi, je ne suis qu'un paysan, pas fâché de l'être, certes, mais cette femme-là n'a rien à faire avec un homme de la terre. En revanche, un médecin… »

Résigné, il rangea son téléphone portable avec lequel il s'était mis à jouer sans même s'en apercevoir.

— Je suis mûr pour l'asile. *Qué tòti !*

Ce premier jour de l'année n'était pas très encourageant, néanmoins, Grégoire essaya de se raccrocher à une idée positive. Après tout, la température remontait et la gangue de gel emprisonnant les arbres fruitiers avait fondu. Dès demain, il irait les voir un par un, leur parlerait comme d'habitude, et il reprendrait sa vie là où il l'avait laissée.

Florent rinça sa brosse à dents et reboucha le tube de dentifrice. En principe, il était prêt pour la nuit, mais il n'avait aucune envie d'aller dormir. S'avançant à pas de loup sur le palier, il prêta l'oreille. Le murmure des voix de sa mère et de Fanélie lui parvenait confusément, il aurait fallu qu'il aille s'asseoir dans l'escalier pour comprendre ce qu'elles disaient. Mais à quoi bon les espionner ? Il craignait d'être déçu, d'entendre des choses définitives.

Il gagna son lit, laissant la porte entrouverte. Plus que trois jours de vacances et, dès lundi, retour à l'école. Pour une fois, il aurait toute une aventure à raconter, où Grégoire tiendrait le premier rôle, celui du sauveur, du héros, de l'*ami*, celui qui arrive toujours à point nommé pour écarter le danger.

Imaginant de quelle manière il allait présenter son

histoire pour la rendre encore plus palpitante, il fut soudain pris d'un terrible doute. Le croirait-on ? N'irait-on pas l'accuser de tout inventer ? Son sang sur la neige, sa peur de mourir de froid, son retour chez lui dans une estafette de gendarmerie... Déjà, quand il annonçait la profession de ses parents – photographe, comédienne –, ses copains le regardaient d'un drôle d'air.

Bon, eh bien, il suffirait que Grégoire en personne, au volant du 4 × 4 et avec ses deux chiens à l'arrière, vienne l'attendre un soir à la sortie de l'école ! Succès garanti.

Mais c'était peu probable... Sous quel prétexte le lui demander, et comment faire avaler l'histoire à sa mère ? Si elle semblait moins se méfier de Grégoire qu'au début, elle ne lui demanderait sûrement pas de remplacer Fanélie pour aller chercher son fils. Alors, que faire ? Certes, la panne d'électricité avait été ce fameux coup de pouce réclamé au ciel, mais, maintenant, Florent devait trouver tout seul le moyen d'un nouveau rapprochement, d'un nouvel épisode. Et sans attendre le printemps ! Parce que rien qu'à voir la manière dont sa mère souriait à Marc, la suite devenait affreusement prévisible. Or ce n'était pas du tout comme ça que se terminaient les bons films.

Avant de se laisser gagner par le sommeil, Florent se répéta plusieurs fois à mi-voix les noms des chiens de Grégoire qui, eux aussi, étaient devenus ses amis.

— *Fadeto, Glàri, Fadeto, Glàri...*

Petite fée et lutin. Possédaient-ils des pouvoirs magiques ? Quoi qu'il en soit, apprendre le provençal serait peut-être une bonne idée, rien que pour leur dire des mots gentils, comme le faisait leur maître, ou les emmener en promenade.

Il ferma les yeux et se vit sur son vélo, au milieu des amandiers en fleur, les deux bouviers gambadant autour de lui, langues pendantes. Puis il remplaça le vélo par un petit cheval camarguais, qu'il montait avec autant d'assurance qu'un gardian chevronné. Ensuite, il décida d'installer quelque part dans le paysage – tiens, à contre-jour au sommet d'une colline bleue – les silhouettes de Grégoire et de sa mère se tenant par la main. À condition d'accompagner la scène d'une belle musique romantique. Voilà un générique de fin exactement comme il les aimait !

Vendredi 2 janvier

Stéphane et Louise échangèrent un regard exaspéré. Assis côte à côte sur deux chaises posées au centre du plateau, le texte de la pièce sur les genoux, ils essayaient de lire de la manière la plus neutre possible, mais se laissaient parfois emporter malgré eux par leur talent d'acteurs.

— Non, non ! protesta le metteur en scène avec son accent italien à couper au couteau. N'y mettez pas le ton, aucune intention, rien. Je veux seulement vous entendre dire les mots, d'abord vidés de leur sens, pour mieux les remplir ensuite. C'est la nouvelle école, mes chéris…

Il s'était installé au fond de la salle obscure, laissant ses deux comédiens ânonner sous la lumière crue d'un unique projecteur.

— Je n'ai pas envie de retourner à l'école, chuchota Stéphane à Louise. Deux mois de répétitions avec ce type et nous finirons cinglés !

Réprimant un sourire, Louise articula platement la réplique suivante, qui perdit ainsi toute signification.

— Oui, c'est mieux, ça vient ! s'écria Alberto, ravi. Bon, on va s'arrêter là pour aujourd'hui, vous avez été des amours d'accepter cette première lecture impromptue, on continuera demain. Oui, je sais, demain c'est samedi, mais nous n'avons pas de temps à perdre, n'est-ce pas ? D'ailleurs, venez me rejoindre, nous allons bloquer dès maintenant le planning des prochains jours.

Stéphane se leva d'un bond tandis que Louise refermait bruyamment son texte. Ce type ne respecterait aucun horaire, c'était prévisible, mais pas moyen de se soustraire à ses exigences. Par bonheur, la pièce était excellente, et, à un moment ou à un autre, ils auraient la possibilité de l'interpréter pour de bon. D'ici là, il leur faudrait supporter les méthodes avant-gardistes du metteur en scène.

Agendas en main, ils mirent un bon quart d'heure avant de tomber d'accord, puis Alberto les libéra, annonçant qu'il restait là tout seul pour s'imprégner de l'atmosphère du théâtre. Son propre manuscrit de la pièce était déjà couvert de croquis et de notes, il l'agita en signe d'au revoir avant de se rasseoir au milieu de tous les fauteuils vides.

— Eh bien, ça promet, grommela Stéphane en quittant la salle derrière Louise.

— Ne me dis pas que tu n'as pas connu pire ? Il y aura toujours quelques illuminés pour vouloir tout remettre à plat, tout « réinventer », tu sais bien ! Mais Alberto a monté de bonnes choses, il a du talent, alors laisse-le donc faire son numéro de créateur inspiré.

— Tu es plus sage que moi, admit Stéphane avec un sourire contrit.

Sur le boulevard Georges-Clemenceau, ils décidèrent d'aller boire un verre pour se raconter tout ce qu'ils avaient fait depuis Noël. Le temps s'était considérablement radouci mais restait maussade, décourageant les promeneurs, et Arles semblait déserte, repliée sur elle-même.

Ils gagnèrent le Paddy Mullins, un pub irlandais tout proche qui servait de bonnes bières. Après avoir passé la commande, Louise remit son portable en service et constata qu'elle avait plusieurs messages sur son répondeur.

— Il y a tant de gens qui cherchent à te joindre ? railla Stéphane. Eh bien, ma jolie, c'est la gloire ! Ou alors, tes nouveaux chevaliers servants ? Vas-y, écoute, mais ensuite je veux un récit détaillé de tes aventures.

Elle riait encore lorsqu'elle entendit la voix affolée de Florent. Il l'avait appelée trois heures plus tôt, à peu près au moment où commençait la répétition, parce que Fanélie était tombée dans l'escalier, qu'elle avait dû se casser quelque chose et qu'il ne savait pas quoi faire.

— Oh, mon Dieu…

Dans son second message, vingt minutes plus tard, Florent paraissait moins paniqué, il était dans la voiture de Grégoire avec Fanélie, en route pour l'hôpital. Une heure après, il avait rappelé pour annoncer que la malheureuse avait une fracture du poignet, un beau plâtre, et vingt-quatre heures à passer en observation au centre hospitalier Joseph-Imbert. « Je reste près d'elle, je t'attendrai dans sa chambre, mais les portables sont interdits, je dois couper le mien. »

Consternée, Louise résuma la situation à Stéphane qui décida aussitôt de l'accompagner.

— C'est dans le quartier Fourchon, je crois ? s'enquit-il en jetant de la monnaie à côté des bocks qu'ils n'avaient pas touchés. Ah, pauvre Fanélie ! Tiens, on va lui acheter des fleurs, ou bien des chocolats. Mais entre nous, ça tombe mal pour toi, parce qu'avec toutes les heures de présence qu'on va devoir faire pour cet olibrius d'Alberto…

Louise ne voulait pas y penser pour l'instant, elle

s'inquiétait surtout de savoir si Fanélie ne souffrait pas, et si Florent n'était pas traumatisé d'avoir dû gérer seul un accident.

— Depuis le 21 décembre, nous avons connu une série de malchances, constata-t-elle d'une voix songeuse.

Ce qui n'était pas tout à fait juste, car malgré la succession d'incidents, il y avait eu de très bons moments durant ces fêtes. Et même des moments qu'elle aurait volontiers prolongés.

Debout au pied du lit, Florent couvait Fanélie du regard. Après lui avoir proposé un verre d'eau, il s'était assuré qu'elle n'avait ni trop chaud ni trop froid, et maintenant, il ne savait plus comment lui être agréable.

— Tu dois t'embêter, mon lapin, lui dit-elle gentiment.

Dans la chemise de nuit fournie par l'hôpital, elle semblait encore toute pâle, néanmoins, elle souriait bravement.

— Un poignet cassé, ce n'est pas grand-chose, tu sais… Et puis tu as été formidable !

Pourtant il n'avait fait qu'appeler Grégoire au secours, trop heureux de l'entendre répondre à la deuxième sonnerie et de s'en remettre à lui. N'importe quel adulte aurait fait l'affaire, sa mère étant injoignable, mais Grégoire avait été particulièrement rapide, efficace et rassurant. À l'hôpital, après avoir réglé toutes les formalités administratives, il était resté le plus longtemps possible avec Florent à lui tenir compagnie, attendant d'être fixé sur l'état de Fanélie. Puis, il avait dû partir à cause d'un rendez-vous important avec un producteur d'huile d'olive. « Mais si ta mère a un empêchement, n'hésite pas à me rappeler, bonhomme, je reviendrai. »

Bien sûr que Florent n'hésiterait pas. De plus, il savait que sa mère serait très occupée dans les semaines à venir, et avec Fanélie handicapée, peut-être son rêve de voir Grégoire devant l'école allait-il miraculeusement se réaliser.

À peine l'avait-il pensé qu'il se sentit écrasé par le sentiment de culpabilité qu'il cherchait à refouler depuis la chute de Fanélie dans l'escalier. Était-ce parce qu'il l'avait trop demandé, souhaité trop fort ? En espérant trouver de nouvelles occasions de voir Grégoire, en voulant rapprocher cet homme et sa mère, n'avait-il pas, d'une certaine manière, provoqué l'accident ? Non, jamais il n'aurait souhaité une chose pareille ! Il aimait Fanélie de tout son cœur, et il n'avait pas le pouvoir d'influer sur les événements. Dans la vraie vie, ce n'était pas comme au cinéma, il ne devait pas endosser le rôle du petit garçon malfaisant ou possédé, d'ailleurs, l'idée de se servir de Fanélie pour arriver à ses fins ne lui avait même pas traversé la tête.

N'empêche... Impossible de nier que ce poignet cassé tombait à pic. Une péripétie supplémentaire à toute cette folie de Noël ! Malgré son imagination débordante, Florent aurait été bien incapable de concevoir ce qui allait arriver lorsqu'il était parti chercher un sapin dans les collines, sa luge bringuebalant derrière lui. Ce jour-là, en profitant du sommeil lourd de Fanélie, il avait déclenché un véritable séisme. Donc, il était responsable.

— C'est tellement gentil de votre part ! s'exclama Louise. Je ne sais pas comment vous remercier...

— Ne cherchez pas. Je repassais à tout hasard, au cas où vous auriez été retardée, et puis je n'étais pas certain que vous ayez bien eu les messages de Florent. Mais puisque vous êtes là, je peux m'en aller.

Ils venaient de se rencontrer sur le parking de l'hôpital. Louise fit les présentations.

— Stéphane, un ami, qui est aussi mon partenaire au théâtre. Et voici Grégoire, le monsieur qui passe son temps à nous secourir, mon fils et moi.

Les deux hommes se serrèrent la main, tout en se dévisageant avec une curiosité réciproque.

— Chambre 52, médecine générale, précisa laconiquement Grégoire.

Il remonta dans son Land Rover et manœuvra pour quitter sa place. Pourquoi s'était-il montré si peu chaleureux ? À cause de la présence de ce Stéphane ? En revenant ici, il avait espéré rencontrer Louise, mais il ne s'attendait pas à la trouver en compagnie d'un homme.

« Elle a dit qu'elle n'avait pas d'amis, pas de gens à appeler quand je le lui ai proposé ! »

À tout prendre, il aurait préféré la voir avec Marc plutôt qu'avec ce bellâtre inconnu. Et dire qu'il avait écourté son rendez-vous ! Tout ça pour s'entendre appeler « le monsieur qui passe son temps… » !

— Pourquoi pas le couillon, hein ?

Sa propre colère l'irritait, il en avait par-dessus la tête de se sentir stupide ou maladroit, de ne pas savoir franchir la distance que Louise mettait entre elle et le reste du monde.

« Non, elle ne fait rien de ce genre, elle pique des fous rires avec Marc, elle tient son Stéphane par la taille… Si elle n'est pas chaleureuse avec moi, c'est parce que, en réalité, je me suis exclu tout seul. Tant pis pour moi ! »

Au lieu de rentrer à *Lou Roucas*, il prit le chemin d'un bar où il lui arrivait d'aller boire un verre quand la solitude lui pesait trop.

Samedi 3 janvier

— Sa maman est d'accord, elle en parlera avec toi, conclut Florent.

Étonnée par l'esprit d'initiative de son fils, Louise le contempla en souriant.

— Tu t'es débrouillé comme un chef !

Parmi ses copains d'école, Denis Rémusat était son préféré, alors il l'avait spontanément appelé pour trouver une solution.

— Je pourrai faire mes devoirs avec lui, chez lui, ou me faire déposer chez Fanélie en attendant que tu viennes me chercher.

— Eh bien, ça me paraît idéal… Tu t'entends bien avec Denis, n'est-ce pas ?

— Oui.

Une réponse un peu courte qui semblait cacher quelque chose ; toutefois, Louise préféra ne pas insister pour l'instant. L'école recommençant dès le surlendemain, Florent avait peut-être eu peur d'être confié à n'importe quel autre parent d'élève, ou à une baby-sitter inconnue. De toute façon, il cherchait toujours à aider sa mère, c'était un petit garçon fantastique.

Fantastique, mais secret. Par exemple, quelle idée saugrenue d'aller abattre tout seul un sapin avec une hache ! Son attitude avec son père dénotait aussi un profond malaise, qu'il n'avait pas voulu exprimer jusque-là.

— Tu n'aurais pas préféré demander à ton bon ami Grégoire ? se risqua-t-elle à suggérer.

— Ben… non. On ne peut pas l'embêter tout le temps.

Là, sa voix chagrinée venait de le trahir, sans doute aurait-il adoré se faire ramener dans le Land Rover et aller jouer avec les chiens, mais quelque chose l'en empêchait.

— Parfait, céda-t-elle. Dans ce cas, puisque Denis t'a invité à goûter, je te conduirai chez lui cet après-midi et je m'entendrai avec sa maman pour la semaine à venir. J'ai beaucoup de répétitions en Arles, je suis désolée, mon poussin. Même aujourd'hui, je ne peux pas y échapper. Tu comprends, il s'agit de mon travail et…

— Je sais, m'man !

Il vint vers elle, lui passa les bras autour du cou et nicha sa tête contre elle.

— Elle reviendra quand, Fanélie ?

— Il n'y a pas de sortie administrative dans les hôpitaux le dimanche, alors ce sera probablement lundi. Aujourd'hui, ils l'ont gardée pour lui faire passer des radios et un scanner. Comme elle s'est aussi heurté la tête en tombant, ils veulent tout contrôler. Mais je trouverai le temps de m'occuper d'elle et de la ramener dès que ce sera possible, ne t'en fais pas.

— Tu crois qu'elle a encore mal ?

— Sûrement pas. Une fois la fracture réduite, on ne sent plus rien.

— Je l'aime vraiment beaucoup, dit-il d'un ton triste.

— Moi aussi !

— C'est bête qu'elle ne soit pas ma grand-mère…

— En fait, ça ne change rien. Ce ne sont pas toujours les gens de votre famille qui vous aiment le plus. De parfaits étrangers sont parfois de meilleurs soutiens que les proches.

L'expression du petit garçon changea soudain du tout au tout, son visage s'éclairant d'un sourire lumineux.

— Tu crois ?

Elle se demanda s'il pensait uniquement à Fanélie, mais, là encore, elle ne voulut pas le pousser dans ses retranchements.

— J'en suis certaine, mon chéri.

Il avait besoin d'être rassuré, elle le voyait bien, même si elle ne comprenait pas les raisons de son inquiétude.

— Demain, Flo, nous achèterons une couronne et nous irons tirer les rois avec Fanélie à l'hôpital.

— D'accord !

— Et puis, le soir, on allumera un bon feu dans la cheminée et on profitera de ton sapin de Noël, parce que, après l'Épiphanie, je vais devoir le défaire.

— Il était beau cette année, hein ?

Elle sentait le souffle du petit garçon dans son cou, et aussi le parfum de son shampooing à la pomme.

— Très beau, mon amour, répondit-elle avec douceur.

Tout en conduisant, Marc jetait de fréquents coups d'œil à sa sœur, très intéressé par le récit de sa soirée de la veille.

— Je t'assure, j'y étais presque, je l'avais à ma portée ! répéta-t-elle d'un air dégoûté. Depuis le temps que je le connais, je n'espérais plus ce genre d'occasion, et voilà qu'elle se présente enfin, mais… rien. Rien du tout !

Comme ils déjeunaient chez leurs parents à Aigues-Mortes, Marc était passé la prendre après sa consultation pour faire route avec elle.

— Bon sang, nous arrivons à un âge où il faut songer à se recaser, sinon, nous formerons le club des vieux célibataires !

— Tu ne lui as pas dit ça, j'espère ? ironisa-t-il.

— Pour qui me prends-tu ? Crois-moi sur parole, je sais y faire avec les hommes, mais Grégoire est un cas à part.

— Si on veut.

— Il est veuf, je suis divorcée, nous sommes faits pour nous entendre.

Toutes ses tentatives pour le séduire ayant échoué, elle aurait dû se faire une raison, cependant elle ne renonçait pas.

— Je sais très bien qu'il n'est pas inconsolable, et si la mort de Jane l'a choqué, elle ne lui a pas causé un chagrin immense. Sa fille, oui, mais pas sa femme. En plus, il a coulé de l'eau sous les ponts depuis cette histoire ! Et Greg n'est pas de marbre non plus, il a eu un certain nombre d'aventures, alors hier soir, je me suis dit que c'était le moment ou jamais. Tu l'aurais vu, tout seul devant son whisky, il avait tellement l'air d'avoir besoin de compagnie ! Parce que ce n'est pas un grand romantique, ni un dépressif, tu en conviendras, mais là, il semblait porter toute la tristesse du monde sur ses épaules, et je n'ai pas résisté. Au début, il a été adorable, il m'a offert un verre, m'a écoutée, on a repris une tournée…

— Il boit, Greg ? s'étonna Marc.

— J'ai plutôt eu l'impression qu'il voulait

délibérément se soûler. Avant qu'il ne perde les pédales, j'ai décidé de jouer franc-jeu. Le but n'était pas qu'il ronfle toute la nuit, n'est-ce pas ?

Marc roulait vite, longeant la plaine de la Camargue, mais il ne perdait pas une miette du récit de Mireille, curieux d'apprendre comment Grégoire s'était tiré de ce guêpier.

— Quand j'ai commencé à flirter, il a changé d'attitude, on aurait pu croire que je lui proposais de l'arsenic ! Très flatteur, je t'assure… Ensuite, j'ai eu droit au couplet poli sur l'amitié, le respect, bref les âneries habituelles. J'étais vexée, prête à l'envoyer au diable, et voilà qu'il m'avoue tout à trac être éperdument amoureux. On aurait cru un gamin ! Ce grand bonhomme baraqué qui arrive à la quarantaine, effondré parce qu'il s'est enfin toqué d'une femme ! Doux Jésus, que les hommes sont bêtes !

— Merci !

Il traversa le Petit-Rhône à Sylvéréal et fila à travers les étangs en direction d'Aigues-Mortes.

— J'ignore ce que cette Louise a de si extraordinaire, mais il paraît que toi aussi, tu louches dessus.

Indifférente au paysage, sa sœur s'était tournée vers lui et le considérait sans indulgence.

— Je t'emmènerai la voir au théâtre, promit-il avec un sourire ironique.

— Alors, c'est vrai ? Vous êtes comme deux coqs dans une basse-cour ?

— De toute façon, l'homme propose, la femme dispose. Elle fera son choix toute seule…

— Et préférera peut-être un troisième larron !

Mireille ponctua sa prédiction d'un claquement de langue, puis elle croisa les bras et regarda droit devant elle, signe qu'elle ne parlerait plus. Attendri, Marc lui tapota le genou.

— Il faut qu'on s'arrête pour acheter un gâteau. Tu as une préférence ?

— Je suis au régime, répondit-elle d'un ton sinistre.

Mais l'instant d'après, elle éclata de rire, incapable de bouder – et surtout de se taire – plus longtemps.

Sourcils froncés, Grégoire scrutait un par un les oliviers. Il cherchait les traces du gel sur les branches tortueuses et sur les feuilles au dessus gris-vert, au dessous argenté. Depuis deux ans qu'il vendait ses olives à une fabrique d'huile fine, très exigeante sur la qualité des fruits, il effectuait sa récolte à la main. Dans quelques mois, obtiendrait-il la quantité prévue ? Le baromètre d'Antonin était de nouveau en chute libre, et l'hiver ne faisait que commencer !

Du plat de la main, il flatta l'un des troncs rabougris. Régulièrement élagués pour faciliter la cueillette, aucun des oliviers ne dépassait douze mètres, malgré le grand âge de certains spécimens. Des arbres plantés depuis si longtemps qu'il était impossible de savoir quelle génération avait en premier entretenu les tailles avec autant de soin.

Grégoire se souvint avec une pointe d'agacement de l'insistance du père de Jane lorsqu'il lui demandait tous les renseignements possibles au sujet des oliviers, bien décidé à en introduire chez lui. Comme il avait entendu parler d'une tentative réussie en Californie, il s'était persuadé que, grâce au savoir de son gendre, il pourrait obtenir le même succès. « Tout ce que je touche se transforme en or ! » assenait-il avec son arrogance coutumière. Mais Grégoire ne tenait pas à voir des oliviers sur le sol américain. Ces arbres-là étaient faits pour demeurer entre les cyprès et les pins parasols, au bord de la Méditerranée. En entendre parler sans cesse ne faisait que renforcer son désir de rentrer dans sa Provence pour s'occuper des terres de *Lou Roucas*, au lieu de perdre son temps en Amérique. Comment avait-il pu croire, à l'époque, qu'il serait heureux loin de chez lui ?

Il se trouvait en haut de l'oliveraie, qui descendait en pente douce vers le vallon. D'où il était, il aurait presque pu apercevoir la petite maison aux volets bleus. À quoi s'occupait Florent en ce moment même ? Jouait-il avec sa mère, ou était-il penché sur les leçons à apprendre pour la rentrée ? Grégoire aurait aimé lui servir de professeur pour tout ce qui concernait la culture des arbres, et lui expliquer à quel point la nature aride pouvait se montrer généreuse. Lui faire sentir les effluves sucrés des figuiers, lui faire découvrir la floraison précoce et somptueuse des amandiers. Et, ainsi, lui transmettre peu à peu tout le savoir inculqué par Antonin au fil du temps.

Haussant les épaules, il chassa son illusion. Si l'envie d'avoir un fils devenait trop forte, pourquoi ne se remariait-il pas ? Il prit le temps d'y réfléchir, mais il connaissait la réponse. Avec Jane, il s'était déjà marié pour une mauvaise raison, un stupide pari d'indépendance et de conquête, il ne recommencerait pas. S'unir à une femme ne se justifiait que dans l'amour, tous les autres motifs, désirs ou besoins, étaient indignes.

— Et comme il n'existe qu'une seule Louise, la cause est entendue ! cria-t-il en se retournant vers les oliviers.

Ses deux chiens surgirent quelques instants plus tard, persuadés d'avoir été appelés par leur maître, et firent la course pour arriver à ses pieds en premier.

Florent récupéra son téléphone portable que Denis Rémusat venait d'examiner en détail, puis il prit une deuxième part de gâteau.

— Nous, c'était moins drôle, lâcha Denis d'un ton maussade, pendant la panne, on s'est réfugiés chez ma tante, à Nîmes.

Dépité de n'avoir rien à raconter, il poussa un long soupir. Pour une fois, Florent se sentait en état de supériorité. Le récit de ses aventures avait laissé son copain bouche bée, d'autant plus que sa mère avait confirmé ses dires auprès de l'autre maman en prenant le thé.

— Fais voir ta cicatrice, demanda Denis.

Florent lui présenta sa main ouverte, fier de la marque de la hache encore visible sur sa paume.

— Est-ce que ça t'a fait très mal ?

— Pas tellement. Il paraît que le froid rend insensible.

— Mais si personne ne t'avait retrouvé, tu serais mort ?

Cette question, Florent se l'était posée cent fois déjà, sans être certain de la réponse. Il se souvenait d'avoir été groggy, engourdi, gagné par un sommeil étrange. Aurait-il eu la force de se relever et de repartir ?

— Mort ? Ben, oui…

Sa mère serait devenue folle, elle le lui avait affirmé par la suite. Ainsi, Grégoire les avait bien sauvés *tous les deux* ce soir-là. L'idée était réconfortante. Elle le dédommageait un peu du sacrifice consenti en renonçant à la possibilité de voir Grégoire l'attendre à la sortie de l'école. Il l'avait décidé pour se punir d'avoir souhaité un événement exceptionnel, dont la pauvre Fanélie avait fait les frais.

— Et ton père, tu l'as revu ?

— Je m'en fous de mon père, répondit lentement Florent.

C'était dur à dire et ce n'était pas tout à fait vrai, cependant, il le voulait de toutes ses forces.

— Si c'est pour prendre des baffes, merci bien !

Il pouvait s'abriter derrière cette phrase ironique et taire la réelle souffrance provoquée par l'indifférence de Xavier.

— Parle-moi encore des chiens, exigea Denis. Ils sont gros comment ?

Lui aussi rêvait d'un animal domestique, mais il se heurtait au refus de ses parents. Florent indiqua la hauteur de la table où s'étalaient les restes du goûter.

— Ils mettraient leurs têtes là-dessus sans problème.

Le regard ébahi de Denis constituait une sorte de promesse. Dans les semaines à venir, Fadeto et Glàri allaient devenir l'un des principaux sujets de conversation à l'école.

— Les enfants ? appela Louise depuis le séjour.

Ce devait être l'heure de partir, et Florent ne se fit pas prier. En disant au revoir à la maman de Denis, il jeta un coup d'œil à la petite crèche installée sur la tablette d'un radiateur. Comparée à celle de Grégoire, elle semblait avoir été faite à la hâte, sans aucun souci du détail. Une poignée de santons disposés n'importe comment voisinaient avec un cendrier qu'on n'avait pas pris la peine d'enlever de là. Florent se souvint du plaisir éprouvé à *Lou Roucas* en manipulant à sa guise les innombrables figurines. Par chance, il avait pris des photos avec l'appareil numérique de Grégoire. La prochaine fois qu'il le verrait, il lui demanderait un tirage papier pour montrer à Denis ce qu'était une vraie crèche. Sauf qu'il ne savait pas quand aurait lieu cette prochaine fois. « Les amis se voient quand ils en ont envie », avait promis Grégoire. Peut-être, mais Florent ne pouvait pas décider seul, il n'était qu'un petit garçon.

Dimanche 4 janvier

Malgré un beau soleil d'hiver, le froid était revenu, accompagné d'un mistral qui soufflait fort. Après son petit déjeuner, Florent avait demandé la permission de faire du vélo et Louise s'était inclinée, à condition qu'il se couvre bien et ne s'éloigne pas trop de la maison. De temps à autre, elle le voyait passer devant les fenêtres pédalant comme un fou, sans doute lancé à la poursuite d'un ennemi imaginaire.

« Enfant intelligent mais rêveur. » Souvent, ses institutrices formulaient ce commentaire sur les bulletins. Florent avait-il trop souvent hanté les coulisses des théâtres, ou trop regardé la télévision ? Comme beaucoup d'enfants uniques, il s'inventait volontiers des compagnons de jeu, des histoires extraordinaires. Rien d'inquiétant à cela, néanmoins Louise aurait préféré que son petit garçon ne vive pas à longueur d'année entre deux femmes.

La sonnerie du téléphone la tira brutalement de ses pensées. Elle tendit la main, hésita une seconde, puis décrocha.

— Louise ? Bonjour, c'est Marc.

Soulagée, elle échangea quelques banalités avec lui, attendant qu'il en vienne au motif de son appel.

— Je me demandais si vous seriez libre pour dîner cette semaine.

— Oh… Disons que ce n'est pas très facile en ce moment. Avec Fanélie handicapée, je ne peux pas faire garder Florent…

— Partie remise, alors ?

— Non, j'aimerais beaucoup vous avoir à la maison. Je ne cuisine pas aussi bien que vous, mais j'ai une ou deux spécialités que j'arrive à réussir les bons soirs !

— Je viendrai avec grand plaisir, cordon-bleu ou pas, affirma-t-il d'une voix chaleureuse.

— Est-ce que vendredi vous conviendrait ?

— Ce sera parfait.

— Dans ce cas, je vais demander à Grégoire s'il veut se joindre à nous.

Comme elle s'y attendait, il y eut d'abord un silence, puis Marc soupira :

— Grégoire ? Oui, bien sûr…

— Il a été tellement gentil avec nous ! Florent ne jure plus que par lui. Eh bien, c'est entendu, je me réjouis de vous recevoir.

Faisant contre mauvaise fortune bon cœur, Marc réussit à prononcer encore quelques phrases aimables mais, à l'évidence, il était déçu. En raccrochant, Louise fut prise d'un doute. Avait-elle eu raison ? Elle savait qu'elle plaisait à Marc, elle avait prévu son coup de téléphone, pourtant, là, elle venait d'improviser et n'était pas sûre d'avoir été bien inspirée.

Le cartel indiquait midi, l'heure du début des visites à l'hôpital. Il était temps d'aller partager une couronne des rois avec Fanélie qui, sûrement, devait maudire les menus spartiates réservés aux malades !

Louise fit rentrer Florent et, tandis qu'il se lavait les mains, appela Grégoire pour lui faire part de son invitation à dîner le vendredi. Laconique, comme toujours, il accepta d'un mot. Mais, avant de mettre fin à la communication, il proposa lui aussi de tirer les rois ensemble, si Louise et Florent avaient un petit moment dans l'après-midi.

— Nous passerons à *Lou Roucas* en rentrant d'Arles, promit-elle.

Fanélie somnolait, à moitié assise dans son lit, son bras plâtré reposant sur un oreiller. La perspective d'être empêtrée pour tous les gestes de la vie durant quatre semaines la consternait. S'habiller, se laver, faire la cuisine ou les courses : tout poserait problème. Pire encore, au lieu d'être utile à Louise, elle la mettait dans l'embarras en la contraignant à confier Florent à n'importe qui. Par bonheur, Grégoire Fabre était là ! S'il le pouvait, il aplanirait les difficultés et, s'il possédait deux sous de jugeote, il en profiterait même pour se rendre indispensable.

« Et peut-être finira-t-elle par le regarder gentiment. Il en a tellement envie, le pauvre… »

À son âge, Fanélie se faisait vite une opinion sur les gens, et elle se trompait rarement. Cet homme-là était entier, loyal, solide, beaucoup plus intéressant que son ami médecin qui, lui, avait une vraie tête de coureur de jupons.

« Dieu préserve Louise de retomber sur une girouette comme Xavier ! Le toubib est du même acabit, un coup je t'aime, un coup j'en aime une autre. Il faut que Louise se méfie d'elle-même, sinon, elle refera toujours les mêmes erreurs. »

Fanélie soupira, puis regarda sans les voir les silhouettes qui s'agitaient sur l'écran de télévision dont elle avait coupé le son. Elle ressentait d'agaçantes démangeaisons sous son plâtre, et elle regretta de ne pas avoir une aiguille à tricoter pour se gratter.

« Comme on s'ennuie, à l'hôpital, quand on n'est pas vraiment malade ! »

De sa main valide, elle attrapa un chocolat dans la boîte offerte par Stéphane. Un autre chic type, celui-là, gentil et bien élevé, agréable à regarder, mais dont l'attitude amicale à l'égard de Louise ne contenait pas la moindre ambiguïté. Il n'était pas amoureux d'elle, et ne le serait probablement jamais d'aucune femme, Fanélie avait son idée là-dessus.

Dodelinant de la tête, elle se laissa gagner par une agréable torpeur. Allons, un mois serait vite passé et, au printemps, ce fichu plâtre deviendrait juste un mauvais souvenir.

« Aussi, tu ne peux pas regarder où tu marches, ma pauvre vieille ? »

Sur le palier du premier étage, elle avait trébuché à cause d'un de ces petits soldats de plastique, Joe quelque chose, que Florent semait partout. Sentant qu'elle écrasait un objet sous son chausson, elle s'était emmêlé les pieds, avait perdu l'équilibre, puis était partie la tête la première dans l'escalier, les mains en avant pour amortir sa chute. Bien entendu, elle n'en avait soufflé mot. Florent aurait été trop malheureux d'apprendre qu'elle était tombée à cause de lui. Pauvre gamin ! Entre son équipée dans la neige pour trouver tout seul le sapin qu'on lui refusait, la visite monstrueuse de son père qui l'avait précipité sur la route où il avait attrapé une bronchite, la panne d'électricité, et enfin l'accident de l'escalier, il avait eu d'assez mauvaises vacances de Noël comme ça.

À l'instant où elle allait s'endormir, elle entendit

frapper et se redressa, toute joyeuse. La petite tête d'ange blond de Florent venait d'apparaître à la porte, devant Louise qui tenait une couronne aux fruits confits.

— Entrez, entrez, mes chéris ! s'exclama Fanélie en soupirant d'aise.

— Si, si, je t'assure, je trouve ça stimulant de voir que tu es toujours dans la course et que la belle n'a pas encore fait son choix…

Grégoire réprima un sourire, devinant le dépit que Marc cherchait à dissimuler sous son ton humoristique. Calant le téléphone dans son cou, il acheva de remplir le grand bol d'eau destiné aux chiens.

— Qu'est-ce que tu comptes lui apporter, vendredi ? reprit Marc. Je me réserve les fleurs, je l'ai dit le premier.

— Eh bien, il me reste le vin, ou d'excellents petits chèvres dont on m'a fait cadeau ce matin et qui seront parfaits d'ici à la fin de la semaine. C'est plus prosaïque, évidemment, mais je suppose que ça t'arrange…

Apprendre que l'invitation de Marc à un dîner en tête à tête dans un bon restaurant avait été poliment refusée, puis transformée en soirée à trois – voire à quatre avec Florent –, ne pouvait que le réjouir. Sans illusion, il comprenait bien que Louise était plus ou moins clouée chez elle pour l'instant, néanmoins, il s'amusait de la déconvenue de Marc, trop habitué à un succès rapide auprès des femmes.

— Allez, mon vieux, sans rancune, on se voit vendredi, conclut-il. À moins que je ne passe déjeuner chez toi dans la semaine.

— Quand tu veux, Greg, tu le sais bien.

La voix de Marc, soudain plus amicale, faillit lui faire

regretter de passer sous silence la visite qu'il attendait dans l'après-midi. Mais ce petit bonheur était le sien, il n'avait aucune intention de le partager, devinant qu'il n'en aurait pas d'autre.

Vers quatre heures, lorsqu'il entendit la Polo de Louise s'arrêter devant le mas, il alla ouvrir la porte toute grande, malgré le froid piquant.

— Ne me dites pas qu'il va se remettre à neiger ! lui lança la jeune femme en entrant.

Elle souriait, les joues et le bout du nez rouges, complètement irrésistible dans son gros blouson au col relevé.

— Pourquoi ne branchez-vous pas le chauffage dans la voiture ? suggéra-t-il avant d'embrasser Florent.

— Il ne marche plus depuis longtemps.

— J'y jetterai un coup d'œil tout à l'heure.

Elle éclata de rire, secoua la tête en faisant voler sa queue-de-cheval, puis referma la porte.

— Vous êtes ma providence, Grégoire, mais ne vous inquiétez pas, j'ai rendez-vous chez votre copain garagiste pour une révision complète, je le lui signalerai. Ah, que ça sent bon chez vous !

— C'est la brioche... enfin, la couronne. Je l'ai mise à tiédir.

Posant sa main sur l'épaule de Florent, il le guida vers la crèche.

— Avant tout, tu as quelque chose d'important à faire, n'est-ce pas ?

Intrigué, le petit garçon leva vers lui ses grands yeux sombres, et il reçut son regard confiant comme un cadeau.

— Gaspard, Melchior et Balthazar attendent que tu les mettes en place. C'est ton décor, à toi de les installer où tu veux, mais ils arrivent aujourd'hui...

Il désigna une petite boîte en carton que Florent ouvrit avec précaution. Les trois santons étaient magnifiques, le premier en position agenouillée, tenant un coffre ouvert, le second coiffé d'une couronne de joyaux, le troisième enturbanné et enveloppé d'un long manteau qui semblait voler au vent.

Louise s'était approchée pour observer son fils qui, délicatement et en prenant son temps, disposa les rois mages à proximité de l'étable.

— Parfait ! apprécia Grégoire. Eh bien, je pense qu'on peut goûter, maintenant.

La grande table ronde étant restée près de la cheminée depuis le réveillon de la Saint-Sylvestre, ils allèrent s'y asseoir.

— Est-ce que vous avez pu faire réparer votre vitre ? s'enquit Grégoire.

— Oui, heureusement ! Mais si vous saviez comme j'ai hâte d'être au printemps… L'idée qu'il se remette à faire très froid me déprime.

Elle n'en avait pourtant pas l'air, avec le sourire charmant qu'elle affichait depuis son arrivée. Trop charmant, en fait. Avait-elle quelque chose de désagréable à lui annoncer ? Si ça concernait Marc, elle pouvait bien faire ce qu'elle voulait et se passer de sa permission ! Contrarié, il partit chercher la couronne ainsi que le plateau du thé, mais, en revenant, il surprit la fin d'une phrase chuchotée par Florent sur un ton de conspirateur :

— … et tu crois qu'il faut pas le lui dire ?

Constatant que Grégoire avait entendu, Louise regarda ailleurs, la mine déconfite.

— Dire quoi ? ne put-il s'empêcher de demander.

— Qu'on a déjà tiré les rois avec Fanélie à l'hôpital, répondit spontanément le petit garçon.

— Oh, je suis désolé, il ne fallait pas vous sentir obligés de recommencer !

Un peu vexé, il hésitait à poser son plateau, mais Florent bredouilla :

— Moi, j'adore ça, les couronnes, et puis j'ai pas eu la fève tout à l'heure, alors j'ai droit à une deuxième chance…

L'embarras du gamin était si attendrissant que Grégoire lui tendit le couteau.

— Bien sûr, mon bonhomme. Tiens, je te laisse faire les parts, mais ne triche pas !

Pourquoi Louise était-elle donc venue ? Pour faire plaisir à son fils, ou pour occuper la fin de sa journée ? Il ne la croyait pas désœuvrée à ce point-là.

« Que je dois avoir l'air niais, avec mes petites tasses en porcelaine, à faire des ronds de jambe ! Qu'est-ce qui m'arrive, bon sang ? »

Furieux contre lui-même, il fixa son regard sur Florent qui découpait soigneusement le gâteau. Le gamin n'y était pour rien, il semblait heureux d'être ici, d'ailleurs, les chiens venaient de se glisser sous la table pour se coucher à ses pieds, espérant des caresses.

— Tu voudrais pas m'apprendre le provençal ? demanda le petit garçon.

La requête était si surprenante que Grégoire mit quelques instants à en comprendre la raison, puis il acquiesça en souriant, sa mauvaise humeur envolée.

— *Lou vos ?* D'accord.

Se tournant vers Louise pour obtenir son approbation, il découvrit qu'elle était en train de l'observer, sourcils froncés, avec une expression très énigmatique.

— Pas d'objection ? hasarda-t-il.

Elle secoua la tête – un tic que mère et fils partageaient –, avant de se décider à lui rendre son sourire. Il en resta figé, tant elle était belle quand son visage s'illuminait.

Vers une heure du matin, le séjour retrouva enfin son apparence habituelle. La commode était de nouveau à sa place, près de la fenêtre, et les décorations de Noël rangées dans leur carton. Après avoir traîné le sapin dehors, Louise avait soigneusement balayé les épines, pourchassant celles qui se nichaient entre les tomettes. Dans les semaines à venir, elle en découvrirait encore ici ou là, elle le savait bien. Pour finir, elle donna un petit coup de chiffon sur les meubles. Fanélie lui manquait, boire une tisane en bavardant aurait été réconfortant.

Elle éteignit les lumières puis gagna la cuisine où elle mit de l'eau à chauffer. Sur le banc, le cartable gonflé de Florent ressemblait à une gibecière trop pleine, mais il en avait fait l'inventaire et, d'après lui, tout était indispensable à sa rentrée du lendemain.

Assise devant une tasse d'infusion, Louise resta un long moment les yeux dans le vague, le menton appuyé sur une main. Que lui réservait donc cette nouvelle année ?

— À moi de le décider, articula-t-elle fermement.

Depuis combien de temps se contentait-elle de subir les événements ? Le départ de Xavier l'avait obligée à parer au plus pressé, mais sans réelle volonté de prendre son destin en main. Peut-être parce qu'elle s'était d'abord imaginé qu'il reviendrait, ensuite parce que le quotidien avait grignoté toute son énergie. Aujourd'hui, elle était libre, elle pouvait aller de l'avant, bouleverser sa vie de fond en comble si elle le désirait. Son divorce ne serait pas une blessure supplémentaire mais, au contraire, une guérison. D'ailleurs, leur dernière dispute

– sordide et dérisoire – lui avait permis d'ouvrir les yeux, de regarder autour d'elle. Et qu'avait-elle vu ? Qu'un autre homme pouvait lui plaire.

— Oui, il me plaît…

Étrange révélation ! Aucun signe avant-coureur ne l'avait avertie de cette attirance, elle se croyait encore au stade de l'hésitation alors qu'elle était déjà conquise.

— Mais je m'y prends comme une bécasse, ce n'est pas très malin d'organiser des dîners à trois.

Le tête-à-tête lui avait fait peur, c'était aussi bête que ça. Évidemment, elle ne possédait pas une grande expérience de la séduction, s'étant mariée à vingt-deux ans et n'ayant jamais trompé Xavier. Quant à ses rares aventures de l'époque où elle suivait ses classes au conservatoire, elles ne lui laissaient guère de souvenirs.

— De toute façon, maintenant, il doit être persuadé que je ne m'intéresse pas à lui, il ne tentera rien.

Elle se leva et alla se resservir une tasse qu'elle décida de monter dans sa chambre. Deux heures plus tôt, elle était sortie de son lit en hâte, soudain pressée de faire le ménage en pleine nuit pour échapper aux pensées qui l'assaillaient. Des pensées angoissantes mais délicieuses, de celles qui font battre le cœur trop vite. Oui, elle était bel et bien tombée amoureuse, et même, elle *désirait* cet homme. Voilà, autant l'admettre, elle avait envie d'être dans ses bras, de découvrir sa peau, de sentir ses mains sur elle. Et cette tentation inattendue, presque improbable, avait quelque chose de follement gai. Car entre le langage de raison de Fanélie : « Tu devrais sortir, voir du monde… », et les sinistres questions de Stéphane le soir de Noël : « Pourquoi es-tu seule, pourquoi t'enterres-tu ici ? Tu attends que ton fils soit grand et s'en aille ? », Louise avait fini par se promettre, à contrecœur, de partir à la recherche d'un partenaire.

Comme s'il suffisait de chercher l'amour pour le trouver !

Bien calée contre les oreillers, la couette remontée jusqu'au cou, elle s'aperçut qu'elle souriait béatement. L'impression de revivre était si forte, si exaltante, que jamais elle ne parviendrait à s'endormir. À quel moment avait-elle pris conscience du changement qui s'opérait en elle ? Et comment était-il possible de passer si vite de l'indifférence à l'émotion ?

Ce qu'il lui fallait, à présent, c'était un plan de bataille, n'importe quelle stratégie pour inverser les rôles, et surtout ne pas attendre ce fichu dîner où elle serait coincée entre Marc et Grégoire, avec Florent pour spectateur.

— Allez, un peu de courage, ça ne coûte rien d'essayer.

Ce serait cependant une grande première, elle ne s'était jamais jetée à la tête de personne. Brusquement angoissée, elle se redressa, prit la tasse posée sur la table de chevet et avala une gorgée de tisane tiède. La nuit menaçait d'être longue.

Lundi 5 janvier

Une agitation indescriptible régnait devant la grille de l'école. Tous les enfants se racontaient leurs vacances, énuméraient leurs cadeaux de Noël, se lançaient dans des récits épiques à propos de la panne d'électricité vécue par tous comme une aventure.

Louise vérifia une dernière fois son planning avec la mère de Denis Rémusat.

— Aujourd'hui, je peux venir le chercher, mais demain et mercredi, je vous le confie. Encore merci, vraiment…

Sans l'aide de cette femme, elle aurait été bien en peine pour trouver une solution, du moins une qui lui convienne. Elle lui serra la main avec reconnaissance, puis chercha Florent des yeux. Au même instant, la cloche se mit à sonner, tandis que les institutrices commençaient à regrouper les classes.

— À ce soir, m'man !

C'était lui qui l'avait trouvée dans la cohue et qui, sur la pointe des pieds, quémandait un dernier baiser.

— Travaille bien, mon lapin, murmura-t-elle en l'étreignant.

Un jour prochain, hélas, il se croirait trop grand pour ce genre de manifestation de tendresse en public. Avant de s'éloigner, elle le regarda gagner son rang, courbé sous le poids du cartable. À huit heures et demie, il faisait encore nuit, et toujours aussi froid. Janvier était décidément un mois détestable, interminable.

À la sortie de Mouriès, elle s'arrêta dans une épicerie où elle acheta quelques provisions, puis elle jugea le moment venu d'effectuer la démarche qu'elle projetait depuis la veille. Elle n'avait pu s'endormir qu'à deux heures du matin, tournant et retournant sans cesse une foule de questions dans sa tête, pesant le pour et le contre. Lorsqu'elle s'était résolue à arrêter une décision, elle avait trouvé le sommeil.

Une sorte de trac, semblable à celui éprouvé en coulisses juste avant d'entrer sur scène, la saisit lorsqu'elle descendit de sa voiture. Elle contempla la façade de *Lou Roucas* en prenant une profonde inspiration, puis se dirigea résolument vers le perron. Peut-être commettait-elle une erreur, mais dans ce cas, elle l'accomplirait jusqu'au bout et en aurait ainsi le cœur net.

— Louise ? Bonjour… Vous avez un souci ?

Égal à lui-même, Grégoire était vêtu d'un gros col roulé noir et d'un jean, pas encore rasé, pas vraiment loquace.

— Aucun souci, non. Je vous dérange ?

— Pas du tout.

— Voilà, j'aurais voulu… un café.

— Un café ? répéta-t-il en la scrutant. Bien sûr. Allons à la cuisine.

Elle le suivit, très mal à l'aise, ne sachant toujours pas comment elle allait lui présenter les choses.

— Vous ne prenez pas de sucre, je crois ?

Il venait de poser une autre tasse sur la table. Sans doute ne chercherait-il pas à connaître le motif de sa visite tant qu'elle ne le lui exposerait pas. Néanmoins, le silence ne pouvait pas durer et elle n'était pas venue pour parler de la pluie et du beau temps.

— Eh bien, Grégoire..., commença-t-elle nerveusement. Ah, ce n'est pas très facile à expliquer !

— En commençant par le commencement, c'est souvent plus simple.

Il patientait, attentif, mais ne se donnait pas la peine de sourire. Maîtrisant son appréhension, elle se lança.

— Je ne vous connais pas depuis très longtemps, ni vous ni Marc.

— Quinze jours. C'est de Marc qu'il va être question ?

— Marc ?

— Vous êtes une grande fille, Louise, vous avez le droit de faire ce que vous voulez, ça ne me regarde pas.

Éberluée, elle le dévisagea. Apparemment, ce serait encore plus ardu que ce qu'elle avait pu supposer.

— Laissons Marc de côté pour l'instant, soupira-t-elle. Nous avons un peu mal débuté, vous et moi.

— Quand ? Ce matin ? Désolé, je ne devrais pas vous interrompre, continuez.

— Merci.

Pour se donner du courage, elle but deux gorgées de café.

— Mal débuté depuis le premier jour de notre rencontre. Je vous ai accusé de vous intéresser de trop près à mon fils, c'était très blessant. Et aussi très injuste, mais je ne le savais pas à ce moment-là, vous étiez un inconnu pour moi.

Elle marqua une pause, espérant qu'il allait l'inciter à poursuivre, mais il se taisait, comme elle s'y attendait.

— Grégoire ?

— Je dois répondre ? Bon... Un proverbe provençal

prétend qu'on ne connaît une personne qu'après avoir partagé avec elle un sac de farine. À savoir, rompu le pain ensemble pendant toute une année. Vous aviez donc tout à fait raison de vous méfier, c'est votre rôle de mère. Mais je l'ai très mal pris, évidemment, jamais on ne m'avait assené un truc aussi monstrueux. J'adore les enfants et, croyez-moi, ma fille me manque chaque jour. Je ne souhaite ça à personne… Alors, me faire plus ou moins traiter de pédophile m'a été non seulement odieux, mais très douloureux.

Du bout du doigt, il poussait une miette sur la table. En voyant son visage fermé, Louise fut envahie d'une immense compassion. S'il avait l'air d'un ours, c'était d'un ours gentil, solitaire et triste.

— Malgré tout, reprit-elle, vous m'avez aidée chaque fois que j'en ai eu besoin, c'est-à-dire très souvent !

Il releva brusquement la tête pour la toiser.

— Vous n'avez pas fait un détour pour venir me remercier, j'espère ? Parce que ça, je m'en passe !

— Ne vous mettez pas en colère… De toute façon, je ne suis pas très douée pour les remerciements.

— Oui, je l'avais remarqué.

— Oh, bon sang, laissez-moi finir ! explosa-t-elle. Sinon, je n'y arriverai jamais. Donc, vous êtes venu à mon secours je ne sais plus combien de fois, peut-être parce que vous me trouvez jolie, ou…

— Ou parce que je suis d'un naturel serviable ? railla-t-il avec cynisme. Rassurez-vous, je l'aurais fait pour n'importe quelle voisine, fût-elle la fée Carabosse, ou même Tavèn, la sorcière du val d'Enfer !

Il reprit son souffle puis, la regardant droit dans les yeux, il acheva :

— Mais il faudrait être aveugle pour ne pas vous trouver très jolie.

L'occasion était enfin là, elle n'avait plus qu'à la saisir.

— Bon, dit-elle d'une voix étranglée, je vais essayer d'enchaîner là-dessus, et vous dire que, justement, ça ne me laisse pas… indifférente. Il faut bien que je finisse par l'avouer, puisque nous sommes dans une impasse. Vous vous êtes mis en tête que c'est Marc qui m'intéresse, mais non. C'est vous.

Il la fixait toujours, mais avec une expression si incrédule qu'elle eut peur d'être allée trop loin, d'avoir fait fausse route. Le silence se prolongea, s'éternisa, la mettant à la torture. Au bout d'un moment, il se leva et se dirigea vers la cafetière, avant d'interrompre son geste. Puis il passa une main dans ses cheveux, ce qui eut pour résultat de le rendre hirsute.

— Louise.

Ni question ni début de phrase. Juste son prénom, prononcé tout bas. Il revint vers elle, s'arrêta. Debout à côté du banc, il semblait si grand qu'elle voulut se lever, mais il l'en empêcha, mettant un bras autour de ses épaules en l'attirant contre lui. Elle l'entendit respirer trop vite, sentit sous sa joue la laine râpeuse du pull. Pourquoi avait-elle cru qu'il chercherait à l'embrasser ?

— Est-ce que ça me donne le droit de vous inviter à sortir avec moi, de vous faire la cour, comme on disait avant ?

— Je suppose, oui.

Il se baissa, s'agenouilla devant elle pour être à sa hauteur.

— Il y a Florent, dit-il lentement, en la regardant avec tendresse.

— Je crois qu'il vous aime bien.

— Justement. Il pourrait le vivre comme une trahison. De votre part, de la mienne…

— Vous avez besoin de son accord ?

— Son avis. Je veux le lui expliquer moi-même.

Rien n'aurait pu la toucher davantage. Elle tendit la main vers Grégoire, frôla sa joue du bout des doigts, le faisant tressaillir.

— Ne me tentez pas, dit-il avec un sourire irrésistible.

Elle se souvint brusquement de lui, nu sous sa douche, et éprouva une bouffée inattendue de désir. Depuis combien de temps n'avait-elle pas eu autant envie d'un homme ? Mais celui-là n'était pas comme les autres, il ne précipiterait rien.

— Je dois aller chercher Fanélie à l'hôpital, réussit-elle à dire.

— Maintenant ?

Il semblait à la fois déçu et amusé lorsqu'il se releva. En silence, il l'escorta jusqu'à la porte, et là, seulement, il la prit dans ses bras.

— Je peux vous embrasser ?

Sans attendre la réponse, il mit une main sur sa nuque, une autre au creux de ses reins et, de sa bouche, effleura ses lèvres avec une douceur surprenante.

— Je peux aussi te tutoyer ? chuchota-t-il. Alors, fais attention sur la route, il neigera avant la fin de la matinée.

Déconcertée, elle se recula un peu, le dévisagea. Elle allait adorer son regard, elle l'adorait déjà.

— Florent sort de l'école à quatre heures et demie. Allez… va lui parler si tu veux, je resterai à l'écart.

Il acquiesça avant de lui ouvrir la porte, et la suivit jusqu'à sa voiture. Les mains dans les poches de son jean, il attendit sans bouger qu'elle ait démarré.

Au milieu d'autres enfants surexcités, Florent et Denis firent comme d'habitude la course pour arriver en premier à la grille. Là, un instituteur les intercepta, s'assurant du regard que leurs mères étaient bien là.

— C'est bon, allez-y.

Florent s'apprêtait à se diriger vers la Polo, garée un peu plus loin, lorsque Denis le retint par le bras.

— Eh, ce serait pas ton copain ?

— Qui ?

— Ben, le type dans le 4 × 4 !

Éberlué, Florent avisa le Land Rover arrêté en double file, juste devant eux.

— Oh ! là, là ! gémit Denis, la bagnole… Génial, non ?

Grégoire descendit de voiture et adressa un signe amical à Florent. Presque au même instant, Louise arriva, un peu essoufflée.

— Bonne journée, les garçons ? lança-t-elle avec un sourire crispé.

Denis s'éloigna à regret vers sa propre mère, regardant dix fois de suite par-dessus son épaule.

— Mon lapin, Grégoire voudrait te parler cinq minutes. Tu es d'accord ?

— Oui, mais qu'est-ce qu'il y a ?

— Rien de grave, ne t'inquiète pas. Écoute, si ça t'amuse, il te ramène à la maison, et moi je vous suis.

Son ton faussement désinvolte alarma Florent pour de bon.

— Je monte avec lui ? demanda-t-il, pas très sûr d'avoir bien compris.

— C'est ça. À tout de suite, chéri.

Elle fit demi-tour tellement vite qu'elle se tordit la cheville et s'éloigna en boitillant. Florent la suivit des yeux avant de reporter son attention sur Grégoire, toujours immobile près du 4 × 4. Puis, il le rejoignit d'un pas hésitant.

— Salut…

— Salut, bonhomme.

Ils s'installèrent ensemble, bouclèrent leurs ceintures, mais Grégoire ne démarra pas tout de suite.

— Intéressant, l'école ?

— En histoire, on étudie les Mérovingiens, répondit prudemment Florent.

— Clovis ?

— Mmm…

Sur le trottoir, quelques mères papotaient encore, et deux enfants agitèrent la main en direction de Florent.

— On y va, décida Grégoire.

Dans le rétroviseur d'aile, Florent vit que sa mère quittait sa place elle aussi. Comme prévu, elle allait donc les suivre. Cette sortie d'école était vraiment stupéfiante, et annonçait peut-être une catastrophe imminente.

— Je voudrais te poser une question, bonhomme. De quelle façon dirais-tu qu'une fille te plaît ?

— Une fille ? Mais cette année, il n'y a aucune fille qui…

Il se mordit les lèvres et se tut. Il n'était pas encore assez à l'aise avec Grégoire pour lui parler de Sandrine, une blonde de neuf ans qui l'avait beaucoup fait rêver quelques mois plus tôt, mais qui avait quitté la région.

— C'est seulement pour connaître l'expression qui, dans ton langage, signifierait plaire, ou séduire, ou…

— Kifer.

— Kifer ? Un verbe, ça ?

— Tu peux conjuguer, affirma Florent.

— Parfait. Alors voilà, je kife ta mère.

Estomaqué, Florent ouvrit la bouche sans parvenir à dire un seul mot.

— Il m'a semblé important que tu sois le premier à le savoir, ajouta Grégoire d'un air grave.

— Tu le lui as dit, à elle ?

— À peu près.

— Et elle t'a pas jeté ?

— Pas encore. Évidemment, avec les femmes, on n'est jamais sûr de rien.

— Mais tu crois que ça va marcher ?

Soudain, Florent se sentit survolté, il aurait voulu poser mille questions à la fois.

— Je comprends pas. J'avais vraiment pas l'impression qu'elle et toi… enfin, surtout elle ! Sauf que son métier, c'est jouer la comédie, hein ? Tu sais, depuis le début, je suis dans ton camp. Moi, je t'aime bien, seulement je me disais que ça n'irait jamais vous deux, et je trouvais ça dommage, vu que vous feriez un beau couple, comme dans les films de…

— Attends, attends !

Sans quitter la route des yeux, Grégoire tendit la main pour ébouriffer tendrement les cheveux du petit garçon. Puis il s'engagea dans le chemin qui menait à la maison aux volets bleus, et il alla se ranger devant le cabanon.

— Je suis content que tu le prennes bien, Flo. Ta mère n'accepterait jamais quelque chose qui puisse te faire de la peine. Tu es son fils, tu es ce qu'elle a de plus précieux, tu t'en doutes. Avec les bouleversements que tu as connus récemment, comme le départ de ton père, je crois que la sagesse exige d'être prudents, patients. Nous allons prendre notre temps.

Ils entendirent la Polo arriver puis freiner derrière eux.

— Si tu ne me rejettes pas, acheva Grégoire tout bas, c'est déjà un beau cadeau que tu me fais.

— Un cadeau ?

Florent éclata de rire, follement gai, persuadé qu'un miracle venait de se produire puisqu'il était en train de vivre le conte qu'il avait inventé.

— Le cadeau de Noël, c'est toi, Grégoire !

Il sauta hors de la voiture et courut vers sa mère, son cartable bringuebalant derrière lui.

Glossaire

Amas-ié plan : allez tout doux
An ! : vite !
Boutas ! : allez !
Esboufaire : imprudente
Escoutas me : écoutez-moi
Fadeto : petite fée
Glàri : lutin
Li chin : les chiens
Lou vos ? : tu le veux ?
N'i a proun ! : assez !
Noun : non
Pamparigouste : pays imaginaire, comme Cocagne
Pistachié : valet de ferme
Qué tòti ! : quel imbécile !
Ravi : simple d'esprit
Siéu amourous : je suis amoureux

Imprimé en France par

CPI
BRODARD & TAUPIN

à La Flèche (Sarthe)
en août 2013

POCKET – 12, avenue d'Italie – 75627 Paris Cedex 13

N° d'impression : 3001454
Dépôt légal : novembre 2008
Suite du premier tirage : août 2013
S18435/10